水底草原 ill. Noy
Sogen Minasoko
JN030322
男爵無双
貴族嫌いの青年が田舎貴族に転生した件

エミリー＝ノリス＝ドラグオン
ルシウスの母親。
慈愛に満ちた優しい性格であり、
貴族に対してあまり執着しておらず、
ルシウスのことを最も大事に思っている。
「あなたは私達の小さな希望《ルシウス》よ」
マティルダ
ドラグオン家に仕える唯一のメイド。
誰に対しても優しく、
特にルシウスの両親に対しては
雇い主以上の感情を持っている。

「この子は強くなるに違いないぞ」
ローベル＝ノリス＝ドラグオン
ドラグオン男爵家の当主でルシウスの父親。
豪快でいい加減な性格。
貴族らしからぬ振る舞いを見せつつも、
家族や領民を守るためなら
自らの犠牲は厭わない。
ルシウス＝ノリス＝ドラグオン
転生前の名前は銀条余一。
世間体や血筋に執着する旧華族の
銀条家では愛されずに育ったが、
ドラグオン家では大きな愛を受ける。
史上初の四つの魔核を持つ、規格外の存在。

「州都に籠もるのではなく
地方にも来てみるものね」
オリビア＝ノリス＝ウィンザー
四大貴族・シュトラウス侯爵家令嬢。
強い才能と自信を持ち合わせ、
貴族としての責務を果たそうと努力する。
飛び抜けた才能を持つルシウスに
対抗心を燃やしている。

それは、ドラグオン家にとって
因縁深い存在であった。
１級の魔物をも上回る威圧を放つ、
圧倒的な存在感。
自分は捕食対象ですらない。
——ただ踏みつけられない
ことを祈るのみ。

黒銀の邪竜
個体名:イフィルゲン
ランク:特級

世界観解説

✧魔核

【授魔の儀】によって作られる魔力の源。
本来、人は魔力を体内に溜め込む為の器官はほとんど持たないが、
まだ神経が育っていない赤子の時期にこの器官を無理やり押し広げることで
大量の魔力を溜め込むことが可能になる。
神経の発達がある程度進むと魔核は作れなくなる(概ね1～2歳まで)。
同時に、神経の発達が終了する10歳程度で、魔核の成長も止まる。
魔核の階級は1級から6級であり、1級を大きく超えた場合は特級と呼ばれる。

✧授魔の儀

【魔核】を植え付ける儀式。

この国では、貴族で生まれた全ての子に対して生後一ヶ月経った頃に受けさせる責務がある。

大人でも耐え難いほどの激痛を伴うとされ、受ける魔力に耐えきれず、命を落とす赤子もいる。

✧魔物

力を源として、術式を行使する生物。

野生の獣や鳥などとは似て非なる存在であり、人にとっても脅威となっている。

同時に、人の生活とも密接にかかわっており、一概に排除すればよいというものではない。

✧式

人の持つ魔力を力へ変換する為、契約した【魔物】のこと。

【魔核】1つに対して契約できるのは1体のみ。

この世界において、式とは軍事力である。

✧鑑定の儀

【式】・セイレーンによって魔力の測定を行う儀式。

【魔核】の等級や場所もこの儀式によって判明する。

✧四大貴族

王の血族である貴族達。

各々が東西南北を統べ、各々が王座へ至る権利を有する。

王座へ至るのは熾烈な政争に勝利したただ一人のみ。

男爵無双
貴族嫌いの青年が田舎貴族に転生した件

水底　草原

ファンタジア文庫

3392

口絵・本文イラスト　Noy

男爵無双

DANSHAKU MUSO

Presented by
Sogen Minasoko &
Noy

CONTENTS

現世

DANSHAKU MUSO

「お前、本当に出来損ないだな」

父親が、スマホでメールをチェックしながら吐き捨てるように呟《つぶや》いた。

高圧的な態度だが、目線は頑《かたく》なに合わせようとしない。

直立したまま余一《よういち》は唇を噛《か》んだ。

「……あと少しだったんです」

余一は東京大学入学試験成績と書かれたハガキ用紙を手に握りしめている。

用紙には合格の文字は無く、合格まであと2点足りなかった事実だけが冷たく記載されていた。

「言い訳とは、呆《あき》れたものだ。そんなことだから受験程度で失敗することもわからんのか、愚図が。銀条《ぎんじょう》家の名を汚すなと何度言えば、理解できる？」

「……すみません」

父親は事あるごとに【銀条家】という言葉を使う。

旧華族、公家《くげ》に連なる銀条家として、世間に認められる成果を常に求めた。

「余一、このままだとお前はアイツみたいになるぞ。そもそも銀条家に生まれたものとしての自覚が足りん。銀条家というのはだな――」

父親はスマホを前の机に置き、銀条家の歴史について延々と説明し始める。

銀条家の成り立ちだの、祖先の功績だの、華族の心構えだのの話は、物心ついた頃から事あるごとに聞かされてきた。

余一は父親の言葉を、心を冷たくしながら言葉の羅列として認識しようと努める。うつむきながら床にある小さな傷の数を頭の中で、数え始めた。
1、2、3、4、5、6………
表情を凍りつかせながら、ただただ黙って立ち続ける。

床の傷をほぼ数え終えたころ、父親が不機嫌そうに太平洋戦争終了後の華族制度廃止を語り始めた。

余一はここぞ、とばかりに口を開いた。

「銀条家の名を守りつづけるために、更に尽力します」

淀《よど》みなく、感情なく、言い慣れた言葉を口から吐き出した。

父親にとっては生まれる前に施行されたはずの華族制度廃止は、耐え難《がた》いものであるようだ。父親が噛みしめる苦渋を、多少でも緩和する言葉を告げることで、小言から解放されることを学んだのは小学校の頃だった。

父親は話を止め、細長い目で余一を睨《にら》む。

「来年は絶対に合格しろ。失敗は許さんからな」

「……はい、わかりました」

余一は深く一礼して、父親の部屋を後にすると、廊下を足早に歩きだした。

台所を通り過ぎると、母親のすすり泣く声が聞こえてきた。同時にボコボコという鈍い音が響いている。

横目でみると、母が涙を流しながら、合格祝いのために準備していたであろうケーキやお寿司《すし》をゴミ箱へ捨てていた。

余一が横を通り過ぎたことは分かっているはずだが、視線はゴミ箱へと向けたままだ。代わりに、母親は余一へ聞こえるように一言だけつぶやいた。

「本当に恥ずかしい」

母親の涙は、余一への同情の涙ではないことは、最初から分かりきっていた。

口を固く結びながら台所を通り過ぎ、余一は家の北端にある和室へと入る。

和室の奥には、綺麗《きれい》に清掃され、供え物がされた大きな仏壇と、埃《ほこり》をかぶった小さな仏壇の2つがあった。

小さな仏壇に置かれた遺影には、自分と同い年くらいの青年の写真が写っていた。

遺影の青年は、燻《くすぶ》った感情を瞳に灯《とも》し、明るく髪を染め上げ、着崩した服の下にはタトゥーが垣間《かいま》見《み》えている。

「兄ちゃん、またお父さんに怒られたよ」

余一は、遺影に話しかけながら、写真立ての後ろに隠してあったモノを手に取る。

昔、流行《はや》った古い携帯ゲーム機とゲームのカセットだ。

小さな仏壇には滅多なことでは、両親は近づかないため、物を隠すには丁度良い場所となっている。

幼い頃、兄弟で熱中したモンスターを捕まえて仲間にしていくゲーム。

カセットに色違いがあり、兄弟でそれぞれ違うバージョンを持っていた。

寝る間も惜しみ、兄弟でモンスターを交換しながら、図鑑の完成、対戦、厳選にのめり込んでいた日々が懐《なつ》かしく感じる。

その楽しかった過去に浸りたいと思う度、余一は兄の遺影を訪れた。

そう、今日のように。

「確かに受験には失敗したけど……俺、頑張ったよ？　本当に頑張ったんだよ。それなのに最初の一言目が『出来損ない』だってさ。それに、母さんは俺の存在が『恥ずかしい』らしい。ウケるだろ？」

余一の兄は、２年前、悪友の運転する車へ同乗し、単独事故により呆気《あっけ》なく帰らぬ人となった。

両親の干渉が特に強くなったのは兄が死んでからだ。

東大を出た後、財界へ行くことを強要するようになってきた。

それまでは、ただのスペア一《余一》号に過ぎなかったのに、だ。

余一はカセットを手に取ると、駆ける様に階段を上り、自分の部屋へとはいる。

部屋には、机、本棚、ベッドくらいしかない。

椅子に腰掛けると、携帯ゲーム機にカセットを挿入する。まだ兄と遊んでいた楽しかった時代に戻るために、ゲーム機の電源をいれた。

しかし、携帯ゲーム機のスクリーンは真っ黒なまま。

久方ぶりに起動したため、携帯ゲーム機の充電は無くなっていたのだ。急いで、机の辺りを捜すが、充電ケーブルが見当たらない。

――捨てられたな

母親は勉強に不要だと思うものは、片っ端から勝手に捨てていく。ゲームや漫画も高校に入ると同時にすべて捨てられた。

今、手に持っているゲーム機とカセットは、両親に反抗した兄の遺品だ。

それも両親に見つかろうものなら、翌日には不燃ごみに出されるだろう。

「仕方ない、買いに行くか」

余一は財布を握りしめ、駅前にある中古ショップへと向かい始めた。

上着を羽織っていても、3月の空気は冷たく張り詰めている。数日前から寒波が訪れ、真冬に戻ったかのような寒さだ。当面、春は訪れないだろう。

住宅街に張り巡らされた道路を10分程度歩いた頃に、雪まで降り始めた。

顔に雪が当たり、しびれを感じながら歩みを強める。

——早く買って帰ろう
駅前の大通りへと続く交差点へ差し掛かったとき、突然、違和感を覚えた。

視界がやけに狭い。

「なんだ?」

余一は立ち止まり、辺りを見回した。

しかし、誰も居ない平日昼間の住宅街に雪が降っているだけだ。

「気のせいか？」

勘違いかと思い、再び歩き出そうとしたとき、体がぐらついた。

慌ててポケットから手を出そうとしたが、左手が出せない。

いや、出そうとした左手が無い。

体を支えるべき手が無いまま、余一は道端へと倒れ込んだ。倒れた痛みも捨て置き、左手を凝視する。

肘から先が無くなっている。

「何だ……これ」

訳が分からず右手で、左手があった場所を探るが何も無い。

あるはずの左手を、忙《せわ》しなく探す右手の甲に雪が落ちると、雪に当たったところから体が粒子状に消えていく。

「な、何だよ⁉　これは⁉」

右手だけではない、体中の至る所が急速に消失していることに気がついた。まるで熱湯に入れた綿飴《わたあめ》のように、空気中へ霧散している。

慌てて肢体を確認すると、左足はすでに無くなっていた。

道理で倒れるはずだ。

残された右足を右手で押さえたが、すぐに右足も消失し、虚空《こくう》を掴《つか》んだ。

「ハハッ、なんの冗談だよ」

動揺しながら、顔に右手を当てると、腕が通り過ぎる。

先程まで右頬があった場所は、何の突っ掛かりも無く、手が出し入れできてしまう。

数度、手を開閉した後、残された右腕も消えて無くなってしまった。

すでに頭の半分と四肢が無くなっている事実だけが、無情に突きつけられる。

状況はさっぱり理解できないが、自分はこのまま死ぬという事実だけは、否《いや》が応《おう》でも分かってしまった。四肢が無くなっただけならまだしも、顔の半分が無くなって生きていることは出来ないだろう。

頭が真っ白になる。

突然過ぎる死は、全くと言っていいほど現実味がなかった。本当にこんな所で、生を終えるのか。だが、溶けていく体は時間を与えてくれなどはしない。

とっさに、ずっと胸の奥底に溜《た》め込んでいたものが口から溢《あふ》れ出る。

完全に体が消え去る前、最期《さいご》の言葉を遺《のこ》した。

「まだ誰にも……」

〝銀条　余一〟は世界から消失した。

新たな生

DANSHAKU MUSO

砂に交じった砂鉄の粒が、磁石に吸い寄せられるように、鏤《ちりば》められた記憶の断片が一気に収束し、形を成した。

記憶が意識を呼び起こし、意識が自我を形作るまでは、心臓が一拍鼓動するよりも短かった。

目を開けると、木で作られた天井が目に入る。

――あれ？　生きている？

体が溶けてしまったはずの自分がまだ生きている。白昼夢でも見たのではないかと疑いながら、辺りを見回す。

どうやら、部屋の中に居るようだ。

目がぼやけている為《ため》、視界がはっきりしないが、雰囲気としては、木材と石材で作られた古い居室のようだ。

視線を足元へ落とすと4、5人ほどが見える。

やはり視界がぼやけている為、不明瞭だが、女性が泣き叫ぶ声と男性たちの怒声が聞こえる。一度、認識してしまえば、先程まで耳に届いていなかったことが不自然なほど、慌ただしい様子だ。

状況を確認しようと声を上げる。

「アうゥ、キャク」

が、声が出ない。

体が消えた影響だろうか。

――参ったな
だが、よくあれで助かったものだと感心する。四肢はともかく頭部まで消失したのであれば、絶望的な状況だと思ったが、どうにか一命をとりとめたらしい。周囲にいるのは医師や看護師だろうか。

他人事《ひとごと》のように考えていると、左手が握られる感覚がする。

周りにいた1人が、手を握ったようだ。手はゴツゴツしており、シワのある感触からおそらく老年の男性だろう。

――あれ？　左手があるのか？

唐突に手を摑まれたことより、消えたはずの左手が握られたことにまず驚く。

ほぼ同時に、人目も憚《はばか》らず、女性の泣き叫ぶ声が一層強くなった。まだ若い女性の声だ。なにやら左手を取った老人へ、何かをしきりに訴えているようだ。耳がはっきり聞こえないのか、何を言っているのか全くわからない。

――どういう状況なんだ？

今にも摑みかかりそうな勢いの女性を、近くに居た他の若い男が、慌てて制止する。止めた若い男が消え入りそうな声を絞り出すと、左手を摑んだ老人がうなずいた。

老人は左手を摑んだまま、ブツブツと何か唱え始めた。

――何かの儀式か？

老人が摑んだ左手にじんわりと温かい何かが流れてくる。お湯でも掛けられているのかと思ったが、どうも感覚が違う。

今までに感じたことのない不思議な感触。

――ん？　痛み？

徐々に感覚が強くなり、鋭い痛みへと変わっていく。それが激痛に変わるまで時間はかからなかった。

掌《てのひら》に穴でも空けられているかのような鋭く耐え難《がた》い程の痛みだ。

──痛い！　痛い！　痛い！

言葉にならない声が絶叫となって現れる。

更に痛みが強くなり、焼け付くような酷痛が左手から全身へと広がっていく。

「ウギャァあああッ‼」

──今すぐ止《や》めてくれッ‼

必死に振りほどこうとするが、強く握られた左手はピクリとも動かない。反対側の手で引き剝がそうとするが、手をバタバタと振るだけだ。

必死に体をくねらせ、のたうち回ろうとするが、体が鉛でも付けられているかのように重く動かない。

あまりの痛みに意識を失いそうになると、痛みのせいで目が覚める。そんなサイクルが何度も続きながら、只々《ただただ》、終りが来ることを祈り続けた。

終わりは突然、訪れた。

のたうち回っていた時間が1分だったのか1時間だったのかも分からない。

時間の感覚が麻痺《まひ》するほどの惨苦の中、やっと老人が左手を離してくれたのだ。

老人が手を引くと、痛みが嘘《うそ》のように収まった。

──終わったのか……

周囲の悲鳴が一斉に歓喜に変わり、安堵《あんど》に満ちていく様子が伝わる。汗が噴きだし、硬直しきった全身を冷やす。
泣き叫んでいた若い女が自分へ覆いかぶさった。女が流した涙が、ぽたぽた顔へと落ちる。
――この人は何で泣いているんだろう
妙に温かい涙を感じながら、意識を失った。

目覚めてから、1週間ほど経《た》った。

初日の痛みは地獄のようだったが、翌日以降は何も起きていない。再びアレをやられるのではないかと、1、2日はかなり警戒していたが、4日目あたりから考えることを止めた。

なぜなら、あの儀式よりも、重大なことがいくつか判明したからだ。

まず1つ。

どうやら転生したらしい。

自分の正気を疑い、受け入れるまでに3日ほど掛かったが、間違いない。

輪廻《りんね》転生。死後、新しい世界に生まれ変わるという話は聞いたことはあったが、自分に起こるとは思っていなかった。
短い手足に動かぬ体、自分より遥《はる》かに大きな母親と思われる若い女性からの授乳。
これが転生でなければ何だというのだろうか。気がおかしくなった可能性もまだあるが、現状の全てが、今が赤子であることを示していた。受け入れざるを得ない。
――次はどんな家に生まれたんだろう
今朝から、そんなことばかり考えている。
1週間前に起きた事を考えても、あまり良い予想ができない
――産まれたばかりの赤子にあんな痛みを与えるとか、やっぱり今回も毒親だよなぁ
次に、自分の名前はおそらくルシウスであること。
母親と思われる若い女性が、頻繁にその言葉を発する上に、反応すると嬉《うれ》しそうにすることから間違いないだろう。
そして、母親は英語のような言葉を話す。
日本で生まれ育った為、受験英語くらいしかわからないが、知っている単語が何度か出てきた。
――アメリカか、イギリスにでも転生したんだろうか
前世の記憶があるというのは不思議なものだ。自分の意識は転生前のままだが、体だけ

が赤子になっている。何もしなくて良い赤子というのも悪くないが、困ったこともある。

——暇だ
動かぬ体でやることもなく暇を持て余していたのだ。

最初の2、3日は転生という事態に色々と思いを馳《は》せていたが、結局動けない体である以上、泣く、排泄《はいせつ》、授乳、寝る位しかやることがない。

わかったことの最後でもあるが、正確には、あと1つだけ、赤子の姿でもできることがある。

——やるか
左手に何かされて以降、左の掌に、何《ナニカ》かを感じるのだ。前世には全く感じなかったものを感じる。そもそも他人になったことなど初めてである。本人にしかわからない感覚というものがあっても不思議ではない。

まるで血のようであり、肉のようでもあるが、どこか身体的ではないものが、確かに存在する。

ナニカを、動かせることを知ったのは一昨日のことだった。意識すれば少しだけだが動かせたのだ。

一昨日は手首の辺りまで、昨日は左の肘の辺りまで動かすことが出来た。だが、動かしたナニカは気を抜くと、すぐに左の掌に還《かえ》ってしまう。

厄介なことに、還ると左手が痛む。

1週間前の謎の儀式に感じた痛みに比べれば、たいしたことはないが、痛いのは嫌だ。

一昨日は動かせることが分かり、戻った痛みで泣いてしまった。

二度とやるものかと固く決意した——が、暇すぎて翌日もやってしまった。またしても還ったときの痛みで泣いてしまった。

——アレだな。暇は人を殺すって本当だな
なんだかんだ言いながら、暇すぎてやってしまう。寝返りすらできないほどに、体が動かない。少し前まで受験生として、時間を惜しんでいた身からすると手持ち無沙汰が過ぎるのだ。

掌のナニカを動かす。昨日よりもスムーズに動き、あっさり肘を通過し、二の腕辺りまで到達した。

——うん、調子いいな
感心した時、急にドアがひらかれ、女性が入ってきた。

母親だ。

緊張が張り詰め、意識が母親へ向いたため、集中が切れてしまった。

「あっ」

間抜けな声とともに、二の腕にあったナニカが、急速に掌に還った。急に痛みが走る。

「うぎゃぁああ」

その後、空腹と相まって、ギャン泣きしてしまった。


記憶を取り戻してから1ヶ月ほど経ったある日の夜。

ルシウスは暇潰しに、左手に埋め込まれたナニカを相変わらず動かし続けていた。最近は左手を大きく超えて、胴体や右手の肘辺りまで動かすことができる。また、左手にナニカを還すときの痛みにも慣れてきた。

——後少しで右の掌まで動かせるようになるな
特に目的があったわけではない。

左手から伸ばして肩や胴体を通り過ぎた先にあったのが右手というだけだ。右手の手首辺りまでナニカを移動させ、掌へと差し掛かったときに、鋭い痛みが走る。

——痛ッ
とっさに右手の手首までナニカを引っ込める。

——なんだ？　今の？

ルシウスは確かめるようにゆっくりと、慎重に右の掌に流し込む。するとまたピリッと痛みが走る。

左手にあるナニカを体内で動かしていたときには特に痛みは感じなかった。戻るときに少し痛む程度だ。だが、それが右手に到達したとき、左手へナニカが還る際の痛みと似たものを感じる。

流せば流すほど、痛みが比例して上がっていく。これ以上に耐えられないと思う所で、引っ込める。

すると違和感を覚えた。

引っ込めたはずのナニカを、右手にも、微《かす》かだが感じるのだ。念の為《ため》、すべて左手に還してみても、やはり右手にわずかだが感じる。

つまり左手と同じようなことが右手にも起こり得るということだ。

血の気が引く音が聞こえる。

――もしかして……アレを左手だけじゃなくて、右手にもやるのかよ……

二度と経験したくない苦痛を、もう一度味わう可能性にはからずも戦慄する。強《こわ》ばる体に反応したようにブリュッと脱糞《だっぷん》してしまった。

「うぎゃぁああ」

空腹と相まって、またしてもギャン泣きすることとなった。

後日。もう一度、あの儀式が行われる可能性が出てきてから、寝ても覚めても、ルシウスはどうにか回避する方法を模索していた。

――次は死ぬかも
ある程度成長したあとならともかく、この新生児の姿でショック状態に陥れば命が危ないかもしれない。医学的なことはわからないが、死んでもおかしくないくらい苦しい状況だった。

何より、日々優しく接してくれる母親が、泣き叫んでいたのだ。最初は情緒不安定な女かと思ったが、あれ以来、取り乱した様子を見たことがない。

むしろ、ルシウスがどれだけ不機嫌となり長時間泣き叫んでも、真夜中に何度も起きても、常に穏やかな声で語りかけてくれるほど、おおらかそうな女性である。その母親があれだけ絶叫していたのだから、ただ事ではなかったはずだ。

母親とお手伝いさん以外は部屋に入ってこないため、父親の姿を見たことがない。疑わしいのは、姿を見せない父親だ。ハマっている新興宗教の儀式か何かだろう。

――きっと父親がヤバい宗教でもやってるんだろう

そして、それを止めない母親にも、若干の憤《いきどお》りを覚える。

――やっぱり親なんて信じちゃ駄目だ
前世の両親も、世間の感覚からずれていた。幼い頃は気が付かなかったが、小学生の頃には違和感を覚え、中学に上がる頃には、確信へと変わった。

家とは窮屈なもので、両親との会話は緊張感があるものだと思っていたが、友達の家はそうではないことを知った。両親と友達のように気安く話している同級生や、相談相手が両親という友人などは宇宙人のように感じたことを鮮明に覚えている。

今思えば、優しく責任感が強かった兄の生活が荒れ始めたのも、中学3年辺りだった。

兄も同じような窮屈さや緊張感を持っていたのだろうか。

昔のことへ思いが引きずられそうになり、余念を振り払った。

――昔のことはいい。大切なのは今だ
ルシウスは左手を睨《にら》む。

儀式以降に発現した左手のナニカが、右手にも発現するのであれば、やはりもう一度ある可能性は否定できない。

もしナニカを発現させることが、儀式の目的なら、自《おの》ずと答えは見えてくる。

ルシウスが初めて右手にナニカを流し込んで以来、微かにだが右手にも同じものを感じる。左手に比べると、とても小さく比べるべくもないが、確かに存在する。
——他人にやられる位なら、自分でやった方がいいよな
正直、前向きにはなれない。痛いのは嫌である。だが、死ぬのはもっと嫌だ。
転生して今の生があるのだが、次がある保証など、どこにも無い。
ルシウスは後ろ向きではあるが、左手にあったナニカを、体を伝わせ右手へと流す。鈍い痛みが徐々に鋭くなる。
——やっぱり自分でコントロールしててもキツイな
痛みに堪えながら、30分ほど少しずつナニカを流し込んでいく。最後には痛みと眠さが相まって、失神するように寝入ってしまった。

耳障《みみざわ》りな騒がしい音が鳴り響き、目が覚める。

騒音と同時に、聞き慣れない声が耳に飛び込んできた。窓から見える日の明るさの加減から、あまり長くは寝ていないようだ。

——続きをやるか
仕方無しに、ナニカを動かし始めたとき、誰かがベッドを覗《のぞ》き込んでくる。

猫なで声の男がいきなり現れたと思ったら、急にルシウスを抱きあげてきたのだ。横で

母親が嬉しそうに笑っていた為、他人ではないことは直感的に理解する。

——父親か
驚いたことに、この父親。髪を銀色に染めているのだ。白みがかっているのではない。鈍い銀色に染まった髪に金色の瞳をしている。

ヤバい宗教にハマっている奴《やつ》はこれだから、というのが正直な感想だ。屈託の無い笑みを浮かべるが、こういう人間に限って騙《だま》されるのだろうとしか思わない。

——あんな儀式を子供に、受けさせる毒親か
隣で微笑《ほほえ》む母親は、ウェーブ掛かった深い赤の長い髪に、翠色の瞳をしている。

父親は笑みを浮かべながら、何かを母と話している。

おそらくこの父親にとって、自分は利用価値があるのだろうと考えた。

——そっちが俺を利用するなら、俺もあんた達を利用させてもらう
ルシウスは抱き上げられながらも、痛みを伴う訓練を黙々と再開した。父親はさておき、右手の宿った小さなナニカを見つめる。寝る前に行った痛みに耐える苦行でもごく僅かにしか増加していない。

——間に合うのか？　次の儀式はいつ来るんだ？

左手と右手では量が違いすぎる。もし左手並みに増やす必要があるなら、痛みを抑えた

状態では相当時間がかかるのではと懸念《けねん》していた。

言いようの無い不安を覚えると、なぜか涙がこぼれてしまった。

赤子に戻ってからというもの、どうも感情と涙が直結しやすくて困る。急に、泣き出したルシウスに戸惑った父親の手から、母親が優しくルシウスを取り上げた。

父親はやや不満そうだ。

不安そうな顔を浮かべたルシウスに対して、母親が微笑みかけてくれた。英語のような言語で語りかけてくる。

全く聞き取れないが、『安心して』と言われていると感じる。その笑顔が偽りでも、今はまだその微笑みの中に居たいと思いながら、また眠り落ちた。


さらに一ヶ月後。

——おい！　おい！　おい！　おい！　勘弁してくれよッ‼

右手の発現もほぼ終えた頃に、左手と右手の２つのナニカを体中で動かしていたときに、新たなことに気がついてしまった。

——目にもあるじゃん！

ナニカを流し込むと痛みが走る場所が、右手以外にもある。

左手の儀式に始まり、右手にも同様の事象があった為、両手だけにあるものだと思い込んでしまっていた。

儀式で味わった痛みを目で味わうことを想像しただけで、金玉がヒュンとなる。手とはまた違う恐怖が湧き上がる。

――時間がないぞッ！　目もやらないと！

慌ててナニカを目の奥へ流しこもうとしたとき、新たな疑問がふと浮かぶ。

はたして本当に目だけなのだろうか、と。そもそも目にあったのだから、他の場所にあってもおかしくない。

――落ち着け、まず全身を探そう

2つに増えたナニカを全身へ順々に巡らせ、つぶさに確認していく。

そして、1時間後、痛みが走る場所が判明した。

どうやら『目』と『口』の2つに流し込んだときに痛みが走る。他の箇所は、どれほど念入りに探しても、何の痛みもなかった。どうやら後2つで間違いないだろう。

つまりナニカが発現する場所は全部で4箇所。

『左手』、『右手』、『目』、『口』だ。

ルシウスは大きく呼吸し、右手と左手から出ているナニカをそれぞれ『目』と『口』へ流し込んだ。

目は片目ずつということはなく、どうやら両目で1箇所らしい。正確にはよくわからないが、そう感じる。口は、舌や唇など口全体で1箇所となっている。

ルシウスは冷静かつ淡々と作業を始めた。痛みが襲ってくるが、もはや涙することはない。痛いことは痛いのだが、自分で痛みの量はコントロールできる上に、慣れてしまえば、そういうものだと割り切れてしまう。

昔から苦しみに堪えながら、黙々と何かに取り組むのは得意だ。そうしなければ、見捨てられかねない家で育ったのだ。嫌でもできるようになる。

そして、転生してその牢獄《ろうごく》のような生家を、離れられたのだ。

きっとこれはチャンス。

次こそは誰かと心で繋《つな》がれるような幸せな人生を手に入れたい。人並みでいい。家族とでなくてもいい。スペア《余》1《一》号ではなく、自分を自分として受け入れてくれる誰かが居るような、そんな人生を。

——絶対に生きてやる

エミリーは、乳飲み子《ちのご》と共に、夫の帰りを待っていた。

昼下がり、窓辺に置いた椅子に腰掛けている。生後3ヶ月を過ぎた息子は順調に育っているが、毎晩の授乳による寝不足で、眠気と気だるさを感じる。

椅子の横にはベビーベッドが置いてあり、我が子ルシウスがすやすやと寝息を立てている。

長く伸びた赤色の髪を前に垂らしながら、白い指でルシウスの頭を撫《な》でる。翠《みどり》の瞳は、どこまでも温かい視線を息子へと注いでいた。

息子はあまり泣かない子だと、幼い妹弟を持つ侍女のマティルダに言われたのは、先週のことだった。寝ている時間は人並みだが、起きている時間は泣きもぐずりもせず、じっとしていることが多い。

時折、苦しそうに顔をしかめるが、とくに泣くことは少ない。

「ルシウス、本当に何ともない？　ママはあなたが心配よ」

エミリーは息子の額あたりを擦るように優しく撫でたが、熟睡しているためか、ルシウスは反応しない。

もう一度撫でようとしたとき、部屋の扉がゆっくりと開いた。部屋に入らず扉の外から十代後半ほどの侍女が小声で呼びかけてくる。

「奥様、お茶になさいませんか？」

エミリーはルシウスの寝顔を確認した後、うなずいた。毛布をかけ直し、音を立てずに静かに立ち上がる。そのままゆっくりと部屋を出ると、細心の注意を払いながら、扉を閉めた。

「マティルダ、ありがとう。ちょうど眠くてお茶が欲しかったところなの」

「無理をしてはいけません。子育ては持久力と忍耐が何より大事だと母がよく言っていました」

２人は階段を下り、１階にあるダイニングへと向かう。

すでに机には侍女マティルダが淹《い》れたお茶とお菓子が置いてあった。

２人共、向かい合うように席へと座る。雇い人と侍女が同じ席でお茶をすることは、あまり一般的ではない。

だが、貧乏な田舎貴族である。

家、唯一の侍女であり、子育ての協力者であるマティルダをエミリーはとても頼りにしており、家族のような関係を築いていた。

「やはり……ルシウス様は、なんと言うか、反応が薄すぎますね。泣くときもありますが、うちの妹達とは比べ物になりません。やはりアレの影響でしょうか？」

「……わからないわ。何の影響もなければいいのだけど」

エミリーは【授魔の儀】のことを思い出す。

貴族達には生まれながらにして支配者階級という特権があると同時に責務も負う。

この国では、貴族の家に生まれたすべての子に対して、生後1ヶ月経《た》った頃、魔力を人為的に宿らせる【授魔の儀】を受けさせる責務がある。

魔力を体に無理やり流し込むため、大人でも耐え難《がた》いほどの激痛を伴うとされる。さらに、受ける魔力に耐えきれず、命を落とす赤子もいるという危険な儀式である。

事実、エミリーの最初の子は儀式で命を落とした。

失意の中、授かった2人目の子であるルシウスに【授魔の儀】を受けさせる時も、心配でたまらなかった。

「あの時は本当にどうなることかと……」

エミリーは思い返すだけでも、背中に冷たいものが流れるように感じる。

「ルシウス様は儀式で、心臓が止まりましたからね。あの時は私も思わず悲鳴をあげてしまいました」

「私もよ、マティルダ。万が一の為《ため》に、魔骸石《まがいせき》を借りていたのだけれど、本当に使うことになるなんて……」

「ですが、奥様。死人すら生き返らせる奇跡の結晶、魔骸石。良からぬ噂《うわさ》も耳にします。魔骸石を使われた人が、まるで他人の様に性格が変わってしまったり、意識を失ったまま目を覚まさなくなってしまったりなんて噂も——」

エミリーは侍女マティルダの言葉をゆっくりと呑《の》み込むように瞳を閉じた。まぶたの裏には、幼くして亡《な》くなってしまった第1子の顔と、2階で寝ているルシウスの顔が浮かぶ。

「マティルダ。私はルシウスが生きているだけで十分よ。たとえ、何かの影響があったとしても、生きていてさえくれれば、それ以上は望みません」

マティルダは己の失言に気がついたようで、思わず口に手を当てた。

「あっ、あの……失礼な事を言ってしまい、申し訳ありません。どうも私は心配なことをそのまま口にしてしまうようで……」

エミリーに怒りの感情はない。むしろ裏表を作れないマティルダを好ましくさえ思っている。

「いいのよ。ただ……」

「ただ？」

「気がかりなことがあるのは確かね。ルシウスの魔力が日に日に強くなっている気がするの」

「奥様もですか？　私も、もしかしたら、と思っていました」

　エミリーは嫌に渇く口に紅茶を含んだ。

「本当に、何も無いといいのだけれど」

　エミリーは我が子に不安を抱えながら、時折見せてくれる笑顔が、今後も続くことを心から祈るしかない。

　沈黙が場を支配したとき、ドアが開く音が家に響いた。

　玄関からのようだ。

　侍女のマティルダが急いで立ち上がり、玄関へと急ぐ。とは言っても、小さな屋敷《やしき》である。２人がお茶をしていた部屋の隣がすぐ玄関ホールだ。

　すぐに玄関へと向かったマティルダの驚いた声が響いた。

「旦那様！」

「え？」

　エミリーも驚いて席を立ち、足早に玄関ホールへと、向かう。

玄関には、銀色の髪に、革と布で作られた外套《がいとう》を羽織った筋肉質な若い男が立っていた。帰りを待ち焦がれた夫の姿である。

「ローベル！　どうしたの？　帰宅はもっと先のはずじゃ」

長旅から帰ってきた為か、やや疲れの色があるが、満面の笑みを浮かべている。

「ただいま、エミリー。君と息子の顔を早く見たくて、急いで帰ってきちまった。体調はどうだ？」

エミリーも思わず笑みがこぼれた。

「もうすっかり大丈夫よ」

帰ったばかりの当主ローベルが、侍女マティルダへ荷物やコートを渡していく。一通りの荷物を渡し終えたところで、エミリーがたまらず本題を切りだした。

「シュトラウス卿《きょう》は何と？」

「領地の4分の1ほど差し出すことで、納得してくれたさ。ッたく、あのオヤジ、調整に何ヶ月掛けさせるんだっつーの」

エミリーは思わず口に手を当て、悲鳴にも近い声を上げる。

「そんな！　4分の1も……」

「借りてた魔骸石をルシウスに使っちまったからな。うちのような貧乏一家には領地くらいでしか払えん。それに領民が居ないシルバーウッドの森で勘弁してくれたんだ、御の字だろ」

「でも、代々守り続けてきた森なのに……」

ローベルはエミリーに近づくと、腰に手を回し、反対側の手を大げさに広げた。

「おいおい！　魔骸石で、ルシウスが息を吹き返したときに、貴族なんて辞めるから儀式を止めてって叫んでた、あのエミリーが何を惜しんでるんだ」

「あのときは、私たちの子を2人も奪わないでって、頭が一杯だったから……」

ローベルは、いたずらっぽく笑いながら妻の手を取る。

「それで領地と引き換えにした、愛《いと》しの息子は？」

「今は2階で寝てるわよ」

「今すぐ会いに行くぞ！」

場所を聞いたローベルはエミリーの手を半ば強引に引きながら、階段を駆け上がり、寝室の扉を手早く開けた。

「そんなに急がなくても、ルシウスは逃げはしないわ」

「いやいや、2ヶ月近くも会えてなかったからな」

夫婦はベビーベッドの端まで来ると、柵越しに我が子を眺める。

ドタドタと騒がしく音を立てたせいか、幼いルシウスは目が覚めたようで、ぼんやりと目を開けていた。

「ローベルが大きな音を立てたから、起きちゃったじゃない」

エミリーが小言を口にするがローベルの耳には届いていない。久々に会えた息子を繊細なガラス細工でも扱うように、丁寧に、緊張しながら両手で抱き上げることに夢中だ。

「ルシウス。パパだよ～、さみしかったでちゅかあ～」

エミリーはたまらず噴き出した。

「変な声出さないでよ。笑っちゃうでしょ」

ハハッとローベルも笑い返したが、抱きかかえた息子を凝視すると、すぐに真剣な表情となった。夫の空気が変わったことをエミリーも察する。

「どうしたの？」

「ルシウスの魔力量、高くないか？　もう俺くらいありそうだぞ」

「最近、日に日に増えてる様子で、ちょっと心配してるの」

ローベルは破顔した。

「さすが俺達の子だ！　この子は強くなるに違いないぞ！　きっと領民たちを照らす小さな光《ルシウス》になってくれる！」

ローベルの中で、不安そうな顔を浮かべていたルシウスが泣き始めた。

「ほらほら、ルシウスが怖がっちゃったじゃない」

エミリーは夫の手から息子をすくい上げる。

「エミリー、少し泣いたくらいで取り上げないでくれよ」

「ダメ」

拗《す》ねるローベルを横に、エミリーはルシウスをあやし始めた。

「安心してね。まっすぐに育ってくれれば、それだけで十分。あなたは私達の小さな希望《ルシウス》よ」

赤子は落ち着いたのか、すぐに泣き止《や》み、眠りへと戻っていった。


3年後。

ルシウスは1人、部屋の床に座していた。いわゆる座禅のような座り方だ。

時間はまだ朝。日は昇りきっているが、人によっては寝ている時間である。

3歳ともなれば、大分感覚は前世と近くなる。1人で歩き回り、会話し、食事も排泄《はいせつ》もできる。

普通の3歳児がどんなものかは知らないが、少なくとも前世の記憶と人格を受け継いだルシウスは、大抵のことはできるようになっていた。

トントントンと開いているはずの扉を叩《たた》く音が響き、振り向くとまだ成人前の侍女マティルダが立っている。

「ルシウス様、お食事のご用意ができました」

「マティルダさん、ありがとうございます」

侍女は恭《うやうや》しく頭《こうべ》を垂れるが、表情は怪訝《けげん》さに満ちている。

「また魔力を感じる訓練ですか？」

「そうですね」

左手や右手に宿るものを、両親やマティルダは魔力と呼んだ。

初めて聞いたときは、新興宗教なら、もっと気の利《き》いた名前をつけろと呆《あき》れたものだが、時折、訪れる外部の人達にも魔力で通じていたため、魔力という名称は一般的に認知されているものらしい。

そう、どうやらこの世界は、自分が知る世界ではないようだ。

言語も英語だと思っていたが、近いというだけで全く別物だった。文化も大きく異なっている。

車やビルはもとより、テレビやスマホなど前世では当たり前だったものを、一切、目にしない。いくら見知らぬ外国の片田舎でも、車くらいは走っているものだろう。

そして、人々の髪や目の色が前世では見たことのないほど色彩豊かなのだ。父親の銀髪も染めているのかと思っていたが、どうやら地毛らしい。マティルダの目は水色だが、それも当然カラコンを入れているわけではない。

不思議だとは思うが、それらは大した問題ではない。髪や肌の色など、見慣れてしまえば特に何も思わない。言葉は覚えればよいし、スマホが無くても不便だが生きてはいける。

だが、1つだけ、どうしても耐え難《がた》く、受け入れ難いことがあった。

『貴族に生まれてしまった』

父は男爵であり領主でもある。母は当然、男爵夫人と呼ばれる。お手伝いさんと思っていた若い女性マティルダは侍女だったのだ。

その事実を知ったとき、ひどく狼狽《ろうばい》したことを今でも覚えている。正直、家の格式だとか、名誉だとかに、二度と関わりたくなかったのが本音である。

前世の両親は、公家《くげ》に連なる華族であったことに、執心していた。愚民とは違う、歴史が違う、重みが違う、と口癖のように言っていたのだ。法律上は何一つ特権など存在しない前世の両親ですら、家柄にあれだけ執着していたのだ。

現役の貴族など、輪をかけて酷《ひど》いに決まっている。今はまだ幼い為《ため》、いろいろなことを免除されているかもしれないが、いつ家名の奴隷になることを強要されるのか戦々恐々としていた。

ルシウスは、体内に巡らせていた左手、右手、目、口に宿った各々《おのおの》の魔力を、もとある位置へと還《かえ》した。

「よし。今日の分は終わりだな」

「ルシウス様は、よくあの痛みに耐えられますね。私には出来ません」

マティルダの猜疑《さいぎ》は未《いま》だに強く感じる。

物心が付いたときから距離を感じていたが、マティルダがルシウスを見る目は最近、より一層厳しいものとなっていた。

──まっ、いいか。妹か弟が出来たら出ていくし
ルシウスは男爵家を継ぐつもりなど無い。今はまだいないが、兄弟ができればさっさと家督など譲る予定だ。

その日までは、無難に、従順に生きていた方が良いと考えていた。

「慣れですね。さあ、いきましょう」

ルシウスは襟を正し、シャツを整えると、マティルダと共に部屋を出て、ダイニングへと下りる。部屋へ入ると、母親と父親はもう席についていた。

「遅れました」

とっさに謝ったルシウスに対して、父ローベルが笑う。

「おう、気にすんな。そんなことより早く食べようぜ」

「はい」

母エミリーの隣席に着くなり、マティルダがベーコンとパンを取り分け、皿へと盛り付ける。

「マティルダさん、ありがとうございます」

ルシウスは愛想《あいそ》よく話しかけた。

「いえ、ルシウス様。お気になさらずに」

マティルダは気味の悪いものでも見るかのような視線を一瞬向けると、すぐに目をそらした。

「ルシウス、また魔力が強くなったんじゃないのか?」

父親は空気を読まずに、ルシウスが最初の一口目を食べる前に話しかけてきた。

「そうですか?」

父ローベルは白い歯が見えるほどの笑顔を向ける。

「俺は、ルシウスの将来が楽しみで仕方ない！　村でも、お前の話で持ちきりだぞ！」

父や領民は、なぜかルシウスの魔力量が増えることを喜ぶ。左手や目に宿る魔力を、体を巡らせた後、元あった場所へ還すと、僅かにだが魔力量が増加するのだ。痛みを伴う行為であるが、意識を取り戻してから欠かさず毎日やってきたのだ。

増えぬほうがおかしい。

後から知ったことではあるが、【授魔の儀】を両親は1回しか行うつもりがなかったらしい。【授魔の儀】は、貴族に生まれた赤子に対して、生後1ヶ月頃、必ず施すことが法律で定められているが、複数箇所行うことは極めて異例だと教えてもらった。そもそも命に影響がある儀式であるためだ。

記憶など無い体《てい》で、次の儀式が行われる日を探っていたが、その事実を知ったときは虚無感で2日ほど何もする気になれなかったほどだ。今でも思い出したくはない。

だが、それでも魔力の循環は続けた。

最初は動かぬ体で単に暇だったから、次は儀式に備えるためだったが、近頃は父ローベルが喜ぶ為にやっているようなものだ。

いつか出ていく家でも親が喜ぶことをする。それが前世の呪縛だと、ルシウス自身は気づいてないのだが。

「父さんの期待に応えられるよう、努力します」

「おいおい、いつも言ってるだろ？　その他人行儀な言葉遣いを直せって。お前はまだ3歳だろ。いったいどこでそんな言葉を覚えてきたんだかな」

「……分かりました」

ルシウスは苦笑いを浮かべる。

そもそも前世では父親や母親に必ず敬語を使えと、口酸《す》っぱく教えられた。気安く声をかけようものなら頬を叩かれていたのだ。一度染《し》み付いた習慣は、簡単には抜けない。

言葉の微妙なニュアンスの違いも、まだよく分からない為、できるだけ丁寧な言葉を選んでしまう。

「おお！　そうしろ！　それと、ルシウス、明日発《た》つぞ」

「発つ？　どこに行くのですか？」

「州都バロンディアだ。【鑑定の儀】が行われる」

「【鑑定の儀】？」

「そうだ。周辺の貴族たちが集まって、子供たちの魔力の測定を行うんだ」

「貴族たちが集まる会、ですか」

——行きたくないな……

反射的に拒絶反応が起こったようにフォークを握った手が固まる。

前世でも、旧華族たちが集まる会合に何度か同席させられたことがあるが、それは酷いものだった。各々の家の子供達を、大人達が囲んで、品定めをするのだ。舐《な》めるように観察され、採点される。点数は決して口にはしないが、雄弁に表情が語る。

会合の最中に、些細《ささい》な粗相をしようものなら、帰宅後に父と母による折檻《せっかん》が待ち受けていた。

顔を引きつらせていると、母エミリーの手が肩へ添えられた。

「ルシウス、緊張してるのね。大丈夫よ、パパとママも一緒に行くから」

「……はい……家名を汚さぬ様に……注意します」

能面のような硬い顔を貼り付かせながら、ルシウスは力なく答えた。


父ローベル男爵が治める領地シルバーハート。その村の広場には、早朝から、数十名の村人たちが集まっていた。

ローベルが声を張り上げる。

「皆、行って来るぞ！」

村人達は、種蒔《たねま》きの時期であるにもかかわらず、普段着ではなく、お祭り用の一張羅をまとっている。布と革で作られ、質素ではあるが、意匠に富んでいる衣服が目立つ。

その村人達は1台の小さな馬車と、馬を囲んでいた。

馬に跨《またが》った父の呼び掛けに対して村人達が、力強く応える。

「おうよ！　留守は任せてくれ！」

「ローベル様！　うちの子を頼みましたよ！」

「ルシウス様にご加護を」

大声を張り上げる者、手を振る者、祈りを捧《ささ》げる者、思い思いに見送られながら、馬車の扉を閉めた。

馬車に乗り込んだルシウスもネクタイを締め、正装に身を包んでいる。

——年上に『様』を付けられるのは、なんか慣れないよな
御者が手綱《たづな》を揺らすと、馬車が進み始める。

「ううっ、おかあさん……」

すぐにルシウスの隣に座った男の子が泣き始めた。

馬車にはルシウス、母親、侍女以外に、２人の男の子が馬車に同乗している。

2人は、村人の双子で同じ顔をしており、不安そうに辺りを窺《うかが》っていた。

出発の際に初めて知ったことであるが、あの【授魔の儀】を受けた者は村にも何人か居たのだ。

貴族でなければ、任意であるはずなのだが、受けさせる親はある程度いるのだろう。

「大丈夫よ。ほら、馬車の操縦をしてるのは、あなた達のお父さんよ」

エミリーが、馬車の御者を指差すが、男の子は一向に泣き止《や》まない。

「なら、甘いお菓子はいるかしら？」

エミリーが泣き始めた男の子へ飴《あめ》を差し出した。

「いらない！　おかあさんところ、かえる！」

男の子は叫ぶように、母を求めている。言葉もまだまだ拙《つたな》い。

――これが3歳か
エミリーがあの手この手であやすが、体をよじりながら駄々をこね続ける。

それを男の子の隣に座った双子の兄弟が、たしなめた。

「りょうしゅさま、困らせる。ダメ」

「でも……」

母エミリーは領主ではないが、村人の子供からすると同じに思えるのだろう。

――手伝うか

ルシウスは、いきなり泣く男の子の手を握った。

同い年の自分に握られたことが意外だったのか、泣き声が止まった。

「僕はルシウス。君は？」

「ポール……」

「よろしく、ポール。君の話を聞かせてくれないか？　そうだなあ、好きな食べものとか」

「え？　えーとね、えーと」

ポールは返答を考え始めた。

隣の席に座った双子の片割れの顔をしきりに見るが、兄弟も状況を呑《の》み込めていないようだ。

――幼児なら仕方ないか

ルシウスが軽くため息をついたときに、侍女マティルダの視線を感じた。いつものように気持ち悪いものを見ているかのような視線だ。

――ああ、なるほど

マティルダは自分のことを嫌っているのだと思っていたが、どうやら違ったようだ。何のことはない。3歳児とは思えない言動に強烈な違和感をもっていたのだ。

だからといっても、どうしようもない。今更、前世の記憶を忘れ、ただの3歳児に戻ることなどできようはずもない。

視線をそらしたとき、ルシウス側の窓を叩《たた》く音が響いた。

「乗り心地はどうだ⁉」

馬にまたがり、馬車と並走する父ローベルが、声を張り上げながら尋ねてきたのだ。

村を出るときには馬車に乗っていくのかと思ったが、自分は馬に乗り、子供たちを馬車に詰め込んだのだ。

3歳児に馬に乗れという方が無理な話なのだが、本人が馬車より馬のほうを好んでいるというのもあるのだろう。

「初めて乗りましたが、かなり揺れますね！」

ルシウスも声を張り上げた。

馬車の中は思った以上にうるさい。未舗装の道をたいしたサスペンションがついていない馬車で走るのだ。車とは比べようもなく騒がしい。

「気をつけろよ、長く乗るとタマが痛くなるからな」

下品な話題で快活に笑うローベルに対して、エミリーがすごい剣幕で声を上げる。

「ローベル！」

「ひえっ」

ローベルが逃げる犬のように、しっぽを丸めながら馬車の背後へといそいそと戻っていった。

そのやり取りにルシウスは「ははっ」と思わず笑ってしまった。

――どうしてだろう。なんか楽しい
貴族達の会合に出かけるのだ。

本来は陰鬱な気分になるはずだが、心がはずんでしかたなかった。

2つほど村に寄り、辺りがオレンジ色の夕日に照らされ始めた頃、城壁に囲われた巨大な都市が視界に入り込んできた。

「やっと着いたわね」

母エミリーが小さな声で話しかける。

双子の兄弟は、エミリーに寄りかかるように頭をあずけて寝ている。

「あれが州都バロンディア……」

近づくと、その巨大さがよく分かる。

前世でも見たこと無いような高い城壁に囲われ、石で作られた城や建築物がそびえ立っている。

馬車は一番大きな門へと近づいていく。

「お停まり下さい！」

守衛が大きな声を張り上げた。

馬車の速度が下がると、後ろを走っていたローベルが、馬の足を速め、前へと躍り出る。

「シルバーハート領のローベル・ノリス・ドラグオンだ。【鑑定の儀】に参った」

ローベルは下馬せずに懐《ふところ》から書状を出し、守衛へと手渡す。

守衛は両手で受け取り、内容を確認するとすぐさまローベルへと丁寧に返した。

「ハッ！　ようこそいらっしゃいました。ドラグオン男爵」

守衛は熟練した動きで、敬礼を行うと速やかに開門する。

巨大な木の扉の奥にある街は、見渡す限り建物や店であふれており、人通りは活気に満ちていた。

初めて見る大都市に思わず見とれてしまう。

門をくぐり、街に入ると一行は足早に宿へと向かった。

一日中馬車と馬に揺られたのだ。馬もだが、人も疲れている。

まずは双子と馬車を運転していた父親を、門から近い市街地の宿の前に降ろすことにした。

「よく頑張ったわね」

エミリーが宿の前で、長時間馬車に揺られて、ふらふらな双子の頭を撫《な》でる。

「うん」

馬屋に馬をつないだ双子の父親が、宿の脇からやってきた。

「すみません、エミリー様。途中で息子たちがわがままばかり言って」

「全然いいのよ。初めての長旅なのに、頑張ってたわ」

「そう言ってもらえると、助かります」

双子の父親が、ルシウスの顔をまじまじと見つめる。

「ルシウス様。俺の息子達は、あなたに比べれば全く出来が良くないですが、将来、村の為《ため》に使ってやって下さい。魔力を使えると何か役に立つでしょうから」

——いや、男爵を継ぐ気はないんだけど
「え、ええ」

熱い思いを受け止めきれず、曖昧な返事をした。

「俺は昔、ローベル様に命を助けていただいたんすよ。ローベル様に恩返ししたいとずっと思ってました。そんな時、双子を授かったんです。これは神様の思《おぼ》し召《め》しだと思い、妻と相談して【授魔の儀】を受けさせることを決めました」

「ん？　なぜ双子だと【授魔の儀】を受けさせるんですか？」

ローベルが後ろからバツが悪そうに答える。

「【授魔の儀】は子供が死ぬ可能性がある。双子の場合、大抵はどっちかは生き残るから、双子は魔力を授ける為の神の采配だっていうジンクスがある」

――ジンクスで子供に命を懸けさせるとか、人としてダメだろ
「まあ、結果2人とも生き残っちまいましたがね」

双子の父親は苦笑いを浮かべた。

「何言ってんだ。2人とも生き残った時に良かったたって、泣き崩れてただろ」

「それは言わないでくださいよ。と、ともかくルシウス様も【鑑定の儀】、頑張ってくださえ」

双子の親子は宿へ入って行った。

親子を見送ったルシウスたちは大通りを4人並びで歩き、近くにある同じ市民街の少しだけ良い宿へと入った。

それでも父ローベルに言わせれば、母エミリーと侍女マティルダがいることから、部屋に鍵が付く良い宿を取ったそうだ。

元来こういった貴族たちを招聘《しょうへい》するのは散財させるためでもあるのだが、なにぶん貧乏貴族である。散財する金もないため、極力、費用を抑えたいのが本音だろう。

ちなみに双子の親子が泊まる宿に馬車と馬を預けたのも節約のうちだ。高い宿はそれに比例して馬を泊める値段も高くなる。

宿の番頭へ前払いで宿代を支払い、部屋へと案内された。

入るなり、両親と侍女が荷物を開きながら、談笑を始める。

「州都は久しぶりですね」

「マティルダは州都に居たことあるのよね？」

「少しだけですが。後でお勧めのお店にご案内します」

「楽しみね。ローベル、ルシウスも一緒に行きましょう」

「おっ！　いいなっ！　ルシウスも腹減っただろう？」

「えっ、ああ、そうですね」

何気ない光景に、かつて恋い焦がれた憧憬を感じてしかたない。

――そういえば家族で旅行なんて、したことなかったな
初めての経験だった。旅行といえば修学旅行程度しか経験したことがなかった。家族との見知らぬ街での外泊に胸が躍り、その日はなかなか寝付けなかったルシウスであった。

次の日、州都バロンディアはお祭り騒ぎだった。街の至る所に出店が並び、群衆が詰めかける。周囲の貴族たちが家臣や領民を引き連れ、一堂に会するのだ。人が集まれば金を落とす。

街が活気づくのも当然とも言える。

対照的に州都と国の北方全土を治める大貴族シュトラウス侯爵の居城は静まり返っていた。

正確に言えば、多くの貴族たちが声を潜めながらも頻繁に密談は行われている。

昼前、ルシウスは両親に連れられ、居城のホールにいた。

――想像通りの空気だな

ホールの貴族たちがきらびやかな衣装に身を包み、壁際《かべぎわ》に立ち並んでいる。ホールの中心には、誰一人立っておらずドーナツ状に人がひしめき合っていた。

村から一緒に来た双子の親子は城下で、一般市民向けの【鑑定の儀】を受けている為、ここには貴族しかいない。

大抵は男女のペアだが、所々子供を連れている貴族たちがいる。

その中の1組。

40代の小太りの男性が、背後に20代の女性と幼子を引き連れ、ルシウスたちへと近寄ってくる。

「ドラグオン男爵。相変わらず、いいお召し物を纏《まと》っておいでだな」

父ローベルが露骨に顔をしかめた。

嫌な奴《やつ》と会ってしまったと、ありありと言わんばかりの表情だ。

「ゲーデン子爵。何か御用でも？」

「いや、なに。噂《うわさ》の子供をひと目見たくてね」

ゲーデン卿《きょう》は舐《な》め回すようにルシウスを見る。どうやら噂の子とはルシウスのことを指すらしい。

「噂とは何でしょうか？」

ルシウスは自分のことが話題に上がった為、口を挟む。

「おや、ドラグオン卿はご子息に何も言われていないので？」

「ったく、要らんことを」

ローベルは小さく舌打ちをした。

ゲーデン子爵は、ローベルの苦虫を噛み潰した表情に満足したのか、さらに饒舌《じょうぜつ》となる。

「おやおや、まさか当の本人がこれではいけない。自分の価値を知ることも貴族の責務だよ？　父君は君のために領地の4分の1を献上したのだ」

「えっ」

ルシウスは思わず父ローベルへと振り返った。

「気にするな。昔のことだ」

――そんなことがあったのか
ルシウスの胸の中に驚きとともに、嬉《うれ》しさが湧き起こる。

なぜ領地を手放したのかはわからないが、貴族にとって領地と領民は代え難《がた》いものだと母が以前言っていた。

それを自分の為に手放した。自分はもしかして両親にとって代え難い存在なのではないか、と。だが、すぐに前世の記憶がそれを否定する。

――いや、無いな。何かの政治的な理由があったんだろう
ゲーデン子爵は話を続ける。

「全く理解できんよ。1人の子供の為に、そこまでするかね。私のように妾《めかけ》をいくらでも孕《はら》ませればいいだろうに。それとも、そんなにエミリーに熱をあげているのかね？　まあ、いい女であることは認めるが――」

ゲーデン卿は下卑た視線をエミリーへ送る。

たまらずローベルが視線の間に、割り込んだ。

「ほっといてくれ」

「ふん。これは善意からの助言だぞ？　かつて竜を従えた功績により貴族となったドラグオン家も衰退の一途をたどっておるな。羽がもげたら、ただのトカゲになってしまったようだ」

父ローベルの目に怒りが宿る。

「おい、ゲーデン。いい加減にしろよ」

「おお、トカゲは怖い、怖い」

ゲーデン卿は小馬鹿にするように距離を置いた。

「そうそう、今年は我が息子も【鑑定の儀】に参加するんだ。あれは傑作だよ、せいぜい楽しみにしていてくれたまえ」

薄ら笑いを浮かべながらゲーデン卿は離れていった。

「本当にいけ好かないやつだ」

「ローベル、気にしないで」

エミリーがローベルをなだめようとしたとき、ホールの背後にある大扉が開いた。

きらびやかな一団が入場してくる。

先頭を歩くのは威厳そのものをまとったかのような30代の男性だ。

1歩後ろに、怯《おび》える子供を抱きかかえる美しい女性が同伴する。背後には、鎧《よろい》を装備した衛兵たちがぞろぞろと続いた。

小さな声で話を続けていた貴族たちに沈黙が訪れる。

先頭を歩く壮年の男は、当然の様に誰も居ないホールの中心まで進むと、低い声で話し始めた。

「よく集まってくれた。我が同胞達よ」

決して大きな声ではないはずだが、腹まで響きそうな不思議な声だ。

「シュトラウス卿、万歳！」

呼応するように誰かが声を張り上げた。

声の主は、先程話しかけてきた小太りの男ゲーデン子爵だ。シュトラウス卿は手を軽く上げ、話を続ける。

「今年は、大変栄誉なことに国王陛下がいらっしゃる」

貴族たちに動揺が走る。所々で押し殺したような小声で話が再び始まった。

「なぜ国王陛下まで」

「5年以上、来られていないはずだ」

「陛下どころか他の四大貴族たちもあまり参加はしないぞ」

貴族たちを他所《よそ》に衛兵が声を上げる。

「国王陛下の御成《おなり》！」

ひそひそ声が一瞬にして止《や》んだ。

いち早くシュトラウス卿が片膝を床に突き、一国の主を迎え入れると、貴族たちも続々と続いた。

大きく開いた入り口から老人が入って来た。

両脇と背後に屈強な騎士を従えている。

——あの人が王様か？

全ての貴族の頂点。その人は、年老いているが、眼光は鋭く獅子《しし》を思わせる。顔に刻まれたシワが苦労と歴戦を語っているかのようだ。

国王はホール前方に置かれた、一際《ひときわ》豪華な椅子へゆっくりと腰を掛けた。

「皆の者、そう硬くなるな。【鑑定の儀】はわが国にとっても重要な行事ゆえ、見に来たまで」

席につくなり、笑みを浮かべながら貴族たちに立ち上がりを促す。またしても、いち早くシュトラウス卿が立ち上がる。

「ハッ」

そして、貴族たちに向かい、高らかに宣言した。

「今年も【鑑定の儀】を始めようぞ。光栄なことに此度《こたび》は国王陛下が観閲される。皆、忠義を示す機会を得たと思え」

シュトラウス卿の掛け声と共に貴族たちに拍手がわき起こる。

「今年は我が娘オリビアも【鑑定の儀】に臨む。親として、貴族として責務を果たせることを嬉しく思う。皆、一様に同じ気持ちで有ることを願う」

「「ハッ」」

貴族たちは一同、敬礼で応えた。

置いてけぼりにされたのは、貴族の子である3歳児たちだ。

皆、状況が分からず呆然《ぼうぜん》としている。

ルシウスだけは大人たちに倣《なら》い、見よう見まねで敬礼に続いた。

その姿が、異様に浮いてしまっていることに、ルシウスは気が付いていない。

シュトラウス卿が父ローベルへと体を向ける。

「ドラグオン卿、それが噂の子か。3歳にして礼節をわきまえるか」

「ハッ。まだまだで至らぬ所ばかりではございますが、精進させております」

ローベルがいつものチャランポランな口調ではなく貴族らしい言葉を使う。

シュトラウス卿がうなずくと同時に、近くにいた家臣が耳打ちした。

「準備が調った。【鑑定の儀】を開始しよう。まずはオリビア」

母親に抱きかかえられた3歳の女の子が、ホールの中心へと連れて行かれる。

少女は怯えているのか。淡い水色の髪が掛かった肩を小刻みに震わせている。

気がつくと、ホールの中心には、1人の老婆が立っていた。いつから居たのかもよく分からない。

老婆は左手をかざし、しわがれた声でつぶやいた。

「おいでや、セイレーン」

言葉を言い終えた瞬間、老婆の左手の上に、大きな羽を持つ美しい女性が現れる。

——何だ⁉　あれ⁉

突如現れた半人半鳥の女性が、老婆の左腕の上に立つ。

どう見ても腰の曲がった老婆より、女性のほうが、上背があるにもかかわらず、突き出した老婆の左腕に異形の女が乗っているのだ。

「父さん、あれはなんですか⁉」

理解が追いつかないまま、父へと尋ねる。

「あれは鑑定を司《つかさど》る式セイレーンだな」

「式？　セイレーン？」

全く理解ができない。前世とは違う世界だと思っていたが、これほど乖離《かいり》しているとは思わなかった。

皆が見守る中、半人半鳥のセイレーンがゆらゆらと飛翔《ひしょう》しながら、オリビアと呼ばれた少女へと近寄る。

母の腕から降ろされたオリビアの表情は恐怖に染まり、今にも泣き出しそうだ。

無理もないだろう。

大人の指ほどありそうな鋭い爪を持っている異形が近づいてくるのだ。幼い子供が怯えないはずがない。

「父さん、助けなくていいのですか？」

「あれは魔物ではなく、式だ。問題ない」

「……そうですか」

ローベルが問題ないというのであれば、大丈夫なのだろう。

セイレーンには尾長鶏《おながどり》のような長い４本の尾が垂れている。その長い尾が、意思を持った蛇のように動き始めた。

「ひっ」

オリビアの言葉にならない声が漏れる。

次の瞬間、しなる尾がオリビアの左手、右手、口、目の4箇所に巻き付いた。反射的にオリビアが藻掻《もが》いているが、身動きは取れていない。

そして、セイレーンが澄んだ声をあげる。

――綺麗《きれい》だ
それは人の言葉ではない。

メロディすらも伴わない声が、歌のように心地よくさせる。温かい海のような音色に、自分を沈めておきたいような不思議な感覚に包まれた。

すぐにローベルがルシウスの肩を揺さぶった。

「あまり聞きすぎるなよ。心を捕られるぞ」

ハッとして、急に酩酊《めいてい》状態から覚める。

「いまのは……」

「セイレーンの声には人の心を捕らえる効果がある。まだ式と契約していないお前は特にかかりやすい」

周りを見ると、子供たちは皆一様に朦朧《もうろう》としているが、大人たちは誰も気にもとめていない。

セイレーンが歌を止め、長い4本の尾をオリビアから離すと、老婆の横まで舞い戻った。

老婆がしわがれた声で、淡々と周囲へ告げる。

「第4級の騎手魔核をお持ちです」

周囲から礼賛《らいさん》の声が聞こえる。

「まさか」

「その歳《とし》で4級とは！」

「さすが北部を統括するシュトラウス卿《きょう》の御息女」

シュトラウス卿も心なしか顔がほころんでいるようだ。

──第4級って？　騎手魔核ってなんだ？　全く分からないぞ

1人だけ置いてけぼりにされたかのように感じる。

「魔核ってのは【授魔の儀】で作られる魔力の源みたいなもんだ」

父が困惑しているルシウスへ説明してくれる。

「では、第4級とは何なんですか？」

「魔力の量を表す指標だな。下は6級から上は1級まである。高いほど魔力量が多いってことだ。例外に特級ってのも有るには有るがな」

「魔力量の指標……」

ルシウスは奇っ怪なものを見るように自身の左手へと手をやった。

「安心しろ、お前もきっと4級くらいはある。下手したら3級に届いてるかもしれない」

ローベルは周囲を驚かせることを心待ちにしている、いたずら小僧のような笑みを浮かべる。

なぜか両親達はルシウスの魔力を感じることができるらしいが、今まで他人はおろか両親の魔力すら感じたことが無いため、自分の魔力量が他者と比較して、どれくらいのものなのか見当もつかない。

オリビアは「とうさま、かあさま」と、うわ言のように繰り返している。まだセイレーンの声に囚《とら》われているのか、夢との狭間《はざま》にいるオリビアを、父シュトラウス卿が抱き抱える。

シュトラウス卿はオリビアを、近くに居た夫人へと丁寧に手渡した。

「シュトラウス卿。貴族としての責務を全うしておるな。重畳である」

椅子に座ったまま国王はシュトラウス卿をねぎらう。

「この上ないお言葉を賜り、身が引き締まる思いです」

その後も、貴族の子供達が、次々とセイレーンによる鑑定へとかけられていく。

まるで出荷された子牛の品評会のように。

「第６級の騎手魔核をお持ちです」

「第５級の騎手魔核をお持ちです」

「第６級の騎手魔核をお持ちです」

「第６級の騎手魔核をお持ちです」

…………………

老婆の口から告げられる言葉の意味はあまり理解できないが、この会自体の意図は十分に理解できた。

——監視と連帯か
貴族にはすべての子へ、命の危険を伴う【授魔の儀】を受けさせる必要がある。

どの貴族も跡取りは大事な存在であるはずで、受けさせたくない者はいるのだろう。

だからこそ、言い逃れが出来ないように、一堂に会して【授魔の儀】を受けさせたかを確認させるのだ。

逆に言えば、我が子への憐憫《れんびん》で受けさせなかった貴族は、爪弾《つまはじ》きにされるのだろう。

——やっぱり貴族なんてなるもんじゃない

もちろん両親も例外ではない。

「次、ゲーデン子爵家ご子息」

「ハッ！」

先程、父に絡《から》んできたゲーデン子爵が呼ばれた。

セイレーンの声により朦朧としたゲーデン子爵の子供が、促されるがままに、よろよろと前へと進み出る。

先程までと同じようにセイレーンの尾が、左手、右手、目、口へと巻き付いた。

セイレーンの声がホールに鳴り響く。

だが、先程までと違う点がある。

声の主はセイレーン1体なのだが、声と声が重なったような歌声が響いてきたのだ。

周囲が少し騒がしくなる。貴族達がしきりに小声を漏らし始めたのだ。

母エミリーが血の引いた声で、悲鳴を漏らした。

「重唱ッ……」

ローベルが緊張した面持ちでうなずく。

「ああ、間違いない。二重唱だな」

貴族たちの小声は徐々に大きくなり、会場は騒然とし始めた。

「父さん、これは――」

ルシウスが父に尋ねようとしたとき、威厳のある声が響く。

「静粛に」

王による一声により静寂が再び訪れる。

セイレーンが老婆へと戻ると、老婆が淡々と声をあげた。

「二重唱。第6級の騎手魔核と、第6級の砲手魔核をお持ちです」

会場中の貴族たちの顔が歪《ゆが》んだ。歪んだその顔には見覚えがある。かつて、よく華族の会合でも見たものである。

嫉妬だ。

出来の良い子を見せつけられたとき、前世の両親が見せていた表情そのものだ。

だが、全く反対の表情を浮かべている者たちも少なくない。

侮蔑。

今生の両親は後者の表情を浮かべていた。

「そなたの国を思う心を、余は嬉《うれ》しく思うぞ」

国王はどちらとも取れぬ表情でゲーデン子爵をねぎらう。

「はッ！」

「褒美《ほうび》を取らせる。これからも余とともに国を支えてくれ」

「も、もちろんでございます！」

ゲーデン子爵は今にも昇天しそうなほどの恍惚《こうこつ》に包まれている。

国王の目は淡く鋭い光を帯びた。

「して、何人ほど犠牲にした？」

「この子の前に６人ほど、でございます。天運に恵まれました」

「そうか。……だがな、やり過ぎるなよ。余は蒼《あお》き血が流れ過ぎることは好まん」

「しかと心得ます」

ゲーデン子爵は恍惚に包まれているためか、王の鋭い視線に気がついていないようだ。

騒然としつつも他の子息たちの鑑定が次々と行われていく。

そして、ついにルシウスの番が来た。

「次、ドラグオン男爵ご子息！」

ルシウスは１人歩き出た。

これから自らも品評会にかけられると思うと、緊張が走る。

人だかりをかき分けるように進むと、突然、何かに躓《つまず》いた。

「うわッ」

転んで、後ろを見返すと、ゲーデン子爵がいやらしい笑みを浮かべていた。

——足を引っ掛けられたか
周囲から小さな声で嘲笑が起こった。

「緊張でガチガチだな」

「クスッ、男爵家の末席にお似合いね」

——大人が3歳児にすることかよ
ルシウスは冷静を装《よそお》って立ち上がり、ホコリを払い、ホールの中心まで進んだ。

シュトラウス卿が猛禽《もうきん》類のような目でルシウスを見定める。

「本日は、お前で終わりだな」

「そのようで」

ルシウスは優雅に礼を行う。

3歳児とは思えない立ち居振る舞いに、先程はあざ笑った貴族たちが静まり返る。

どうやら鑑定を行う順は、家の格によって決まっているらしい。

最初は、場を仕切る侯爵家たるシュトラウス卿の娘オリビアから始まり、爵位が順々に下がっていった為《ため》、途中から気がついていた。

つまり、この場で最も家の格が低いのはドラグオン家であるようだ。

元々、鑑定へかける子が居ない家がどうかまではわからないが。

「ドラグオン家の子よ。我が家の家宝であった魔骸石を砕き、父の領地を処分させてまで、生かされた子よ。価値を見せてみよ」

――家宝？　魔骸石？　今日はわからないことだらけだな
土地の話はゲーデン子爵の言っていたことだろうが、魔骸石とは初耳だ。

話についていけないが、質問を返せる雰囲気ではない。疑問を呑《の》み込んだ。

「……御意」

シュトラウス卿が下がると、老婆の横に居たセイレーンがふわふわと飛翔《ひしょう》してくる。

近くで見るとさらに異形さが際立《きわだ》つ。

上半身は冷たさを感じるほど整った器量の良い娘だが、下半身は孔雀《くじゃく》のような体躯《たいく》となっており、鉤爪《かぎづめ》は肉食恐竜を思わせるように鋭く大きい。

「うっ」

目と鼻の先までセイレーンが来ると、思わず1歩下がりそうになった。

誰でも、目の前に異様な生物が近づけば、本能的に距離を空けたくなるだろう。

だが、下がることはなかった。

セイレーンの4本の尾が一瞬で巻き付いたため、体が動かなくなったのだ。

先程まで受けていた子供たちと同じ姿にされる。

左手、右手、目、口を縛り付けられ、視界が奪われどういう状況なのか全くわからない。

『貴方《あなた》、とても美味《おい》しそう』


耳元で急に話し声が聞こえた。

その声はとても艶美だ。声が歌のように脳内に鳴り響くと、不思議なことに子供でありながら、欲情に駆られる。

「だれ？」

『我慢しなくていいの。私と1つになりましょう』

声が更に強く本能を刺激していく。

『ただ、はい、と答えるだけで叶《かな》うのよ』

抗《あらが》い難《がた》い誘惑。

何日も砂漠を彷徨《さまよ》った後に、至高の果実水を目の前でたらされたかのように、心と体が声の主を求めている。

「は――」

ルシウスが望まれるがままに、答えかける。

「お止め。契約違反だよ」

しわがれた老婆の声が耳に響き、同時に歌のような声が止まる。

尾で縛り上げられていた、左手、右手、口、目が急にほどかれた。

視界がひらけると、セイレーンを操る老婆が立ち上がっている姿が見える。

老婆が左手をかざし、セイレーンが粒子のように霧散しながら左手へと吸い込まれていく。魔性は優雅な笑みを浮かべ、笑い声をあげながら立ち消えていった。

「今のは……」

先程までであれば、セイレーンが歌声をあげて、老婆が鑑定の結果を告げるという流れであったが、今回はどうも違う。

老婆は止めに立ち上がっていないし、セイレーンが語り掛けることもなかったはずだ。

ルシウスは状況が呑み込めず、周囲を見渡した。

――どうしたんだ？

周囲の貴族たちの顔から血の気が引いている。

皆、まるで真昼の幽霊でも見たかのような青ざめた表情を浮かべている。

「これは一体どういうことだ？」

ホールに、厳然とした声が響いた。

国王自らが椅子から立ち上がり、誰へ、ともつかぬ問いを投げかけたのだ。

努めて冷静な声色であるが、それには必ずや真意を問いただすという意思が籠もっているように感じる。

「陛下。此度《こたび》の鑑定を担《にな》った私めから申し上げます」

老婆が平伏《ひれふ》しながら申し出た。

「史上初の四重奏にございます。

第1級の騎手魔核、
第2級の砲手魔核、
第2級の詠口魔核、
第2級の白眼魔核をお持ちです」

会場中から吃驚《きっきょう》の声が上がる。もはや開場の窓が割れるのではないかというほどの騒然ぶりだ。

雑然とする中、シュトラウス卿《きょう》が口を小刻みに震わせながら、老婆へ詰め寄った。

「何だ、その鑑定はッ⁉　間違いないのかッ⁉」

「間違いございません。我が一族の名誉にかけて」

恭《うやうや》しく老婆が畏《かしこ》まる。

冷や汗を流したシュトラウス卿はこの場で最も地位が高い、いや、この国で最も権威ある人間へ沙汰を仰いだ。

「陛下、いかが致しましょう……」

「……分からぬ。だが、前例の無いことが起きた」

「4つの魔核を持つことは実現不可能とされていたはずです」

1分にも満たない時間ではあるが、国王は目を閉じ、逡巡《しゅんじゅん》する。

そして目を見開いた。

「皆の者。本日見たことは口外を控えよ。そして、ドラグオン男爵は後ほど私の居室まで来るのだ。シュトラウス侯爵もだ」

父親はあまりのことに口を開け閉めさせており、母親も顔面が蒼白《そうはく》となっている。

——なんだ？　何が起きた？

わけがわからない会合だったが、今の状況が最もわからない。

戸惑うルシウスに対して威厳ある声で呼び掛けられる。国王自身が立ったままルシウスへ語りかけてきたのだ。通常、国王はよほどのことがない限り、爵位すら持っていない者へと直接語りかけることなどない。

異例中の異例である。

「ドラグオン家の子よ。名をなんという？」

「ルシウスと申します。これはいったい」

「小さな光《ルシウス》、か。果たして、お主は瑞祥《ずいしょう》か、それとも――」

国王が腰に差している剣へと手をかけ、カチャリと音が響いた。

「災いか？」

「へ、陛下⁉」

ただならぬ雰囲気をいち早く察知したシュトラウス卿が、慌てて声をかけて近寄った。

ホールにいた貴族たちにも、万が一の事態が頭によぎる。

国王は、剣と腰を繋《つな》ぎ止める下緒を解いた。

「ルシウス。この剣を遣わす」

突然のことに理解が追いつかないが、国王の下賜《かし》を無下に扱うわけにはいかない。

「ありがとうございます」

ルシウスは片膝を床へつけ、手のみを掲げる。

「ほう」

感服した王が、剣を手に載せる。だが3歳児に剣は重すぎる。腕だけでは支えきれず、

よろけてしまった。

体が転げる所で誰かが手を摑《つか》んだ。

見上げると、老年の王がルシウスの手を摑んでいる。

「申し訳ありません」

「よい。もともとお主のような子供が受け取れるとは思っていない。むしろ、一丁前であったぞ」

その表情は孫を可愛《かわい》がる好々爺《こうこうや》のようでもあるが、やはり眼《め》は獅子《しし》さながらだ。

「はっ。しかし、なぜこのような」

「４つの魔核を持つ者が現れた。つまり余の後世の評価は、今日この瞬間に決したのだ。英雄を篤《あつ》く庇護《ひご》し、安寧をもたらした名君か、家臣を御せず統治すら不如意《ふにょい》だった暗君のどちらかに。そして、余は賭けたのだ。お主が英雄としてこの国に光をもたらすことに」

ルシウスは内心、困惑していた。

――いや、そんな期待しないでほしい
家督は今後、生まれてくるであろう妹弟へ渡して、さっさと貴族などとは縁を切るつもりだ。

だが、この場でそんなことは口が裂けても言えない。

「……御意」

「その剣は、王の獣グリフォンの羽をあしらってある家宝だ。真の所有者が現れる時、光をまとい、魔を退けると言われている。小さき光の名を持つお主にはちょうどいいものだ。まあ、ついぞ私には光など纏《まと》えんかったがな」

剛毅《ごうき》に国王は笑う。

その豪快な姿はとても初老には見えない。

言葉を投げかけるだけ投げかけ、ルシウスを立たせると、国王は騎士を伴い、部屋を後にしていった。

残されたシュトラウス卿とその寄子《よりこ》貴族たちは未《いま》だ熱が冷めやらない。ホールの中は、ドラグオン男爵という言葉が幾度となく口にされている。そして、臆面もなく視線がルシウスへと集まった。

「この人で無し！」

突如、大声が飛んだ。ゲーデン子爵が髪をかき散らし、唾を飛ばしながら、罵声を上げたのだ。

声の先にいるのは父ローベル。

今度は2人に対して貴族たちの視線が注がれる。

「いや、俺にも何がなんだか、さっぱりだ」

「言い訳とは見苦しいぞ！　俺は２つ宿す子を作るだけに６人の子を潰したのだ！　４つの魔核など、どれほどの子を殺したのだ⁉」

周囲の貴族たちも言葉には出さないが、同様に猜疑《さいぎ》と好奇に満ちている。

――６人の子を潰した？　子を殺した？

確かに【授魔の儀】は命の危険が伴う儀式だ。

だが、命を落とすのは10人に１人程度だと母から聞いている。６人も亡《な》くなっているほど危険なものなのだろうかと思う。

困惑するルシウスへ、エミリーが苦しそうに小声で話しかける。今、教えておく必要があると判断したのだろう。

「２つ目以上の魔核を宿すと、先に宿った魔力と与えられる魔力が拒絶しあって、大半の子供は耐えられず死んでしまうの」

「大半が死んでしまう？」

「そう。２つ目で生き残るのは20人に１人、３つ目では６００人に１人、４つ目を宿した子供は…………居ない。過去に何度か行われたけど皆、命を落としてしまったと聞いているわ」

「そんな……」

確かに命の危機を感じる儀式だったが、2つ目以降が、それ程までに危険だと思わなかった。道理で大半の子供が1つしか魔核を持っていないはずだ。

同時に理解した。

ゲーデン子爵の子が重唱だと鑑定されたときに、両親を含めた何人かの貴族が見せた侮蔑の意味を。

少なくとも6人の実子に2回の【授魔の儀】を受けさせて、死に追いやった子爵に対して人としての侮蔑を込めていたのだ。

だが、それはゲーデンだけではなく、今やローベルへも注がれる視線である。

むしろゲーデンより強いと言っても過言ではない。

「わかったぞ。そいつは領民の子だな？　領民から子を出させ、全員に【授魔の儀】を受けさせ、生き残った子を無理やり養子にしたな？」

ゲーデン子爵の言葉に、ローベルが激怒する。

「ふざけるなッ！　ルシウスは正真正銘、俺とエミリーの子だ！」

ルシウスは母親譲りの翠の目。そして父親譲りの銀色の髪を持っており、顔立ちも両親を彷彿《ほうふつ》とさせる。

養子というのは誰が見てもありえない。

「なら……そうか、そうに違いない！　魔骸石だな⁉　魔骸石があれば、四重唱が作れるのだな」

ゲーデン子爵は【魔骸石】と、うわ言のように繰り返しながら、足早にホールの出口へと向かい始めた。

一人でホールから出ていこうとするゲーデン子爵に対して、「おとうさま」と、ゲーデン子爵の息子が、父に追いつこうと、駆け寄った。

「邪魔だ！」

ゲーデン子爵は近くに来た息子を蹴り飛ばし、振り返りもせずホールから出ていった。

蹴られた子供は何が起こったかも分からず呆然《ぼうぜん》としている。

――外道め

名誉や外聞の為《ため》に我が子まで犠牲とする。思ったとおりに育たなければ、躊躇《ちゅうちょ》なく見捨てる。周囲の貴族達も流石《さすが》の挙動に呆《あき》れはてたのか、先程まで嫉妬の目でゲーデンを見ていた者たちも侮蔑の色に変わった。

手を叩《たた》く音が響く。

「詳しいことは陛下と私が、直接ドラグオン卿から聞こう。今日はお開きだ。ささやかだが会食の場を用意している。皆、楽しんでいってほしい」

シュトラウス卿の呼びかけにより、会は熱を帯びたまま、お開きとなった。

ルシウスが、まだ戸惑う父と母に伴われて会場を後にしようとした時、シュトラウス卿《きょう》が声をかけてくる。

シュトラウス卿の足には、最初に鑑定を受けた息女オリビアが抱きついていた。

「ルシウス、といったね」

「はい」

「我が家の家宝と引き換えにした子が、四重唱か。感慨深いものだ」

「その……よく状況が呑《の》み込めないのですが。ご迷惑をおかけしたのであれば謝罪します」

シュトラウス卿は感心するとともに、期待の視線をルシウスへと向けた。

反対にそのシュトラウス卿の視線を気に入らなさそうに娘オリビアが見上げる。

「いや、何も謝ることはない。むしろ私は国王陛下と同じく、君へ期待している。君の父君ドラグオン男爵と私は寄親、寄子の関係だ。いわば、君の祖父のようなものだと思ってくれ。困ったことがあればいつでも訪ねてきたまえ」

「ありがたいお言葉、感謝いたします」

「あと陛下から贈られた剣を大事にするように」

剣を持てないルシウスに代わり、父ローベルが手にした剣に視線が集まる。

「たしかに高価そうですよね」

「金では買えぬよ。それには王家の紋章が刻まれている。王家の関係者であることを立証できるものでもある。特に今の我々にとっては喉から手が出るほど欲しいものだ」

シュトラウス卿が剣を凝視する。正確には剣というより柄《つか》に刻まれた家紋へ、だ。

ルシウスはシュトラウス卿の言葉に少し引っかかりを覚えた。

「特に今の我々、ですか？」

ルシウスの反応にシュトラウス卿の顔が曇る。

伝えることを躊躇しているかのようだ。

「……そうだ。ここ北部の置かれた状況は決して良いものではない。君ももう少し大きくなればわかる」

どこか哀愁がある表情でルシウスの肩へ手を乗せる。

「それなら、こちらの剣を差し上げましょうか？　僕には扱えませんし」

ルシウスが剣を握る父ローベルの顔を見上げると、父ローベルが小さく首を振った。

「物自体の価値が欲しいのではないのだよ。王家、ひいてはこの国から期待されているという事実が重要なのだよ」

シュトラウス卿が諭すようにルシウスへと伝える。

――そんな重たいもの要らないなぁ
内心では勘弁してくれという気持ちが強いが、そんなことを言える場で無いことは分かっている。

「……それでは大事にします」

ルシウスは早くこの場を去りたい一心で早口に答えた。

帰ろうとしたルシウスと、シュトラウス卿の足に抱きついたオリビアと視線が合う。

「きらい！　あっちいって！」

オリビアは舌を出しながら、ルシウスへ悪態をついた。

――なんなんだ、いったい今日は
ドッと疲れたルシウスは、１秒でも早くベッドに入ってうずくまりたい気持ちで会場を後にした。


今は昼過ぎ。

陽の光に照らされた森の中を、ルシウス達は往《ゆ》きと同じく１台の馬車と１頭の馬で移動していた。

まだ辺りが薄暗い明朝に、城壁に囲まれた大都市から帰路につくために発《た》ったのだ。

往きと違うことがあるとすれば、ルシウスである。

国王からもらった剣を背中に括り付け、父ローベルの馬に同乗しており、手綱を握る父の腕の間で、馬に揺られていた。

「いやあ、まじで疲れたわぁ」

ローベルが胸の奥底から、吐き出すように愚痴をこぼす。

【鑑定の儀】の後、国王とシュトラウス侯爵がいる別室に呼び出され、ルシウスの鑑定結果に対して執拗《しつよう》に聴取されたのだ。

王都から調査団まで駆けつけ、宿に居たルシウスから採血し、実子鑑定されたほどの念の入りようだった。

だが、本当に心当たりがなかったローベルは、ほとほと困り果てた。

事実、【授魔の儀】は一度しか実施されていない。

魔核が、なぜ左手以外にあるのかはローベルには答えようがなかったのだ。

解放されたのは【鑑定の儀】から4日過ぎた昨晩のこと。

結果、極めて異例ではあるが偶発的な事例として結論づけられた。

【授魔の儀】により植え付けられた魔核以外が発現することは、稀《まれ》にだが起こることである。とはいえ、1つ増えた事例はあったが、3つも増えたことなど無いと、調査団の間でも紛糾したのだ。

それ以前に、4つの魔核を持って生まれた者は記録上、存在しない。国の調査団が苦慮する訳である。

だが、ルシウスには理由が分かっていた。当然、両親にも、調査団にもシラを切ったが。

――やりすぎた……

おそらくだが、魔核を増やす方法は、痛みが走る箇所へ魔力を流すことだ。

調査団から聞いたのだが、大人になってから右手に魔力を流しても、魔核が作られることはないそうだ。おそらく乳児期に行うのが重要なのだろう。

そして、乳児が痛みを伴う方法を敢《あ》えて実施することはありえない。

ルシウスは左手以外にも【授魔の儀】を施される可能性を捨てきれなかったため、嫌々やったが、普通は生後1ヶ月の記憶などない。

わざわざ痛みを伴う行為に及ぶ動機が存在しないのだ。

しかし、何事にも例外はある。稀にだが、何かの理由で、痛みを伴ってもなお実行に移した赤子が過去に居たのだろう。

「ホントに、どうなってんだ？　魔力は多いとは思ってたが、これほどまでとは思わんかったぞ」

ローベルがルシウスの頭をクシャクシャと撫《な》でる。

責められてもルシウスも世の中の平均など知らなかった。

「父さんや母さんは僕の魔力量を知っていたのでしょう？　だったら最初から分かっていたのでは？」

「ざっくりとした量、それこそ多い、普通、少ない位しか判断できん。皆が皆、他人の魔力を正確に測れるなら、そもそも【鑑定の儀】なんか要らんしな」

「言われてみれば……」

「だが、まあ。ここだけの話、ゲーデンの間抜け面には内心スカッとしたぞ」

ローベルはニカッと笑う。

「あのゲーデン子爵って人、やけに父さんに絡《から》んできてましたが、何かあったんですか？」

「ああ、あれはな――」

ローベルが話かけたとき、悲鳴が響いた。

「ぎゃあぁッ‼」

周囲を見渡すと、馬車を操縦していた双子の父親が、馬車の横に落車し、伏せていた。倒れ込んだ近くには血が広がっている。

ローベルは間髪おかず、馬の横腹を蹴り、双子の父親の所まで急ぐ。ルシウスは振り落とされまいと馬にしがみついた。

ほぼ時を同じくして、ヒュッと何かが近くを通り過ぎ、トーンッという音が耳に飛び込んだ。

音の正体はすぐに分かる。

「馬車に！」

母達が乗る馬車に弓矢が突き刺さっていたのだ。

「敵襲だッ‼」

ローベルが大声をあげると、弓矢が次から次へと降り注いだ。無数の矢が雨のように向かってくる。

——こんなの避けれない！

狼狽《ろうばい》するルシウスの頭を押さえつけ、ローベルが左手をかざすと、どこからともなく突風が吹き荒れた。

まるで局所的に台風でも発生したのではないかと思えるほどの凄《すさ》まじい風だ。

矢が風に煽《あお》られ、明後日《あさって》の方向へ流れていった。

「何、この風ッ⁉」

「俺の術式だ。そんなことより次が来るぞ！　しっかり摑《つか》まってろよ！」

周囲の草むらや木々が揺れると、異様な者たちが現れる。

子供ほどの背丈に、薄い灰色肌の人のような何かが、馬車を囲むように現れたのだ。

ざっと見回しても30体はいる。

身なりは腰蓑《こしみの》と革の胸当て程度しか纏《まと》っていない。錆《さ》びた剣や槍《やり》、石斧《せきふ》、弓矢などであるが、皆武装しており、醜悪な面に笑みを浮かべている。

――何だ、あの生き物は⁉

ローベルが佩刀《はいとう》を抜き、馬を疾走させる。ルシウスは必死に馬の首にしがみついた。

「ゴブリン共ッ！　誰を襲っているのか分かっていないようだなッ！」

ローベルがサーベルで周囲にいた数体のゴブリンの首を薙《な》ぐように刎《は》ねた。

見たこともない勢いで赤い血を噴き上げながら、バタバタと首が無くなったゴブリンの体が倒れる。

「「ギギギィイイイッ！」」

仲間の死に憤《いきどお》ったのか、ゴブリン達が一斉にルシウス達へ飛びかかってきた。

対するローベルは襲いかかるゴブリンたちを次々と斬り伏せていく。ルシウスは馬の首と一緒に忙《せわ》しなく上下した。

――何なんだよ！　いったい！

「キャアアァアア」

悲鳴に振り返ると、馬車に10体ほどのゴブリンがしがみついて居る様子が目に入る。

「エミリー‼」

ローベルが叫びながら、先ほどと同じ様に左手をかざすと、先程よりも小さな突風が吹き荒れる。

強風に煽られ、馬車にしがみついていたゴブリン達が引き剝がされるが、強すぎる風に馬車もズシンッと音を立てて、横転した。倒れた拍子に手綱が外れたのか馬車を引く馬が一目散に逃げ出す。

「母さん！」

一旦、引き剝がされたゴブリン達が、倒れた馬車へ再び飛び乗った。ドアをこじ開けようと錆びた武器を乱雑に叩《たた》きつけている。

ローベルと対峙《たいじ》して居たゴブリン達も、楽しみに乗り遅れるものかと、我先にと馬車へと向かい始めた。

馬車には母と侍女、双子の幼子が乗っており、必死にエミリーとマティルダが扉を開けさせまいと、押さえている。

——あいつら母さん達を狙ってるのか!?

「許さんッ!」

ローベルが馬を走らせる。

群がるゴブリン達を馬で踏みつけ、サーベルで斬り伏せながら、一直線に馬車へと向かった。

馬車の近くに着くなり、無我夢中で扉をこじ開けようとしているゴブリン達を斬り捨てていく。

——すごい……

父の見たこともない気迫にルシウスは気圧《けお》されてしまった。

このままローベルがゴブリンを殲滅《せんめつ》するかと思われた時、またがった馬が暴れはじめる。

直後、ルシウスは父親と共に地面へと投げ出された。

顔を上げると、馬の腹に深く槍が刺さっている様子が目に入る。

「クソッ! これだからゴブリン共は面倒だッ。ルシウス! 俺の後ろにいろ!」

「はい」

ローベルは直《す》ぐに立ち上がると、倒れた馬車へと駆け付けて、ゴブリン達と相対する。

「来い！　フォトン！」

父親が何かを叫ぶと、父親の左手から粒子のようなものが噴き出し、形を作る。

鷲《わし》の頭に馬の体軀《たいく》、巨大な翼を持つ見たこともない生物が現れた。

特に鷲頭の嘴《くちばし》と、鷲の爪をそのまま大きくしたような鋭い爪は、岩すら貫きそうである。

——鑑定のセイレーンと似てる
【鑑定の儀】で老婆が呼んだ半人半鳥の異形と似ている。もちろん姿形ではない。異形を左手から喚《よ》ぶ一連が似ているのだ。

「やれッ‼」

ローベルが叫ぶと、巨大な羽を羽ばたかせ鷲頭の馬は一直線に馬車へと向かい、ゴブリンたちを、虫でもついばむかのように、引きちぎっていく。

ローベル自身もサーベルを以《もっ》て、ゴブリンたちを次々斬り伏せていった。

一方、ゴブリン達たちは半数近くがすでに息絶えており、残った者達の多くが四肢を失い、大きな傷を負っている。

「ギギイッ！」

ゴブリンの1体が声をあげると、示し合わせたようにゴブリンが逃走し始めた。

背丈の小さな生き物は俊敏に草むらへと消えていき、一瞬で姿が見えなくなる。

残されたのは、横転した馬車と人達だけであった。


夕日が射《さ》す中、一行は歩いていた。

先頭には負傷した双子の父親を背負いながら歩くローベル。その後ろに、怯《おび》える双子と双子を励ます母エミリーとルシウスが続く。

最後尾を注意しながら歩くのは、侍女マティルダだ。

「ローベル、少し休みましょう」

エミリーが疲労の色が濃く顔にでている双子を見ながら、先頭を歩くローベルへ声を掛ける。

ローベルは振り返り、顔色が悪い子供達と空を順に視線を向けた。

「そうだな……」

馬がすべて居なくなってしまった。

3歳の子供達を連れての歩みはとても遅い。頻繁に休みを取る必要がある。

さらに双子の父親は腹に矢が突き刺さり、重症のため、1人で歩くことも出来ない。

怪我人《けがにん》を寝かせると、侍女マティルダが枯れ木を集め、火を熾《おこ》した。乾燥していない木は必要以上に煙を吐き出し、目に染《し》みる。

「お食事のご用意が出来ず申し訳ございません」

「いや、この状況だ。気にしなくていい」

夕日は刻々と沈んでおり、間も無く、闇が覆う時間となる。森の中に有る街道では、暗闇が一層濃い。

「父さん、今日はここで朝まで過ごすのでしょうか？」

夜、明かりも持たずに歩けば街道を逸《そ》れ、森へと迷い込む可能性もある。

「そうだ」

ルシウスは一息ついたところで、抱えていた疑問を口にした。

「さっきの人みたいな生き物はなんですか？」

「あれはゴブリン共だ。クソッ！　何だって、こんな街道沿いにまで魔物が出てきやがるんだ！」

「魔物……」

ローベルは地面を叩く。

疲れ果てた双子を寝かしつけていたエミリーも焚《た》き火へと交ざる。

「このシルバーウッドの森も、ローベルが管理していた時には、こんなことは滅多に起こらなかったのだけれど」

「シュトラウス卿《きょう》に譲渡してから、この辺りはゲーデンが管理を任されているはずなんだが……放置してやがったな、あの豚やろうッ」

「おそらくそうね。街道に魔物が出てくることはあることだけれど、ゴブリンがあれほど沢山でてくるのであれば、もはや管理できてるとはいい難《がた》いわ」

ルシウスは先程の父親の戦いを思い出していた。

あの醜悪な生物がゴブリン。

ゲームでは何度も聞いたことがあるが、実物がでてくる世界というものに困惑を覚える。

「でも、追い払えてよかったですね。馬車と馬は残念でしたが」

ローベルとエミリーは苦渋を浮かべる。

「いや、ゴブリンは悪知恵がある。子供と怪我人を連れていることを理解してる。夜にでも、また襲ってくるだろう」

「え？」

「今も、森からこちらを見ているだろうな」

ローベルが森の奥をにらみつける。

同時に森から矢が飛んできた。

ローベルが忌々《いまいま》しそうに左手をかざし、局所的な突風で矢をそらした。

「ほらな?」

先程と同じような戦闘が頭をよぎり、ルシウスは身構える。

「ルシウス、襲ってきやしない。こっちを休ませない為《ため》のものだ。さっきから、ちょくちょく撃ってきやがる」

「休ませない?」

「ゴブリンは群れで、俺たちは少数だ。数で勝ってるんだ。無理せず、戦える俺を疲れさせてから、夜にでも襲ってくるんだろ」

ルシウスの胃に冷たいものが流れる。

自らが置かれた状況を理解した。数でも負けており、この中で唯一戦える父は怪我人や子供をかばいながら戦う必要がある。

――次は本当に追い払えるんだろうか
今、自分は異形たちの獲物となっている。

【鑑定の儀】でセイレーンが放った言葉が思い起こされる。

『貴方《あなた》、とても美味《おい》しそう』

自分が獲物として狙われているという恐怖。前世では覚えたことのない感情だ。

――万が一に備えないと
ルシウスは状況を把握するべく、堰《せき》を切ったように疑問を口にした。

「父さん、さっきの風を使ってた術式って何？　後、父さんが出したあの生き物は⁉」

「あれは俺の式だ。ヒッポグリフのフォトン」

「ヒッポグリフ……」

「ああ、人は魔力を持つが、術式を持たない。だから、魔力を力へ変換する為に魔物と契約する。契約した魔物を式と呼ぶんだ」

ルシウスは【鑑定の儀】の時に現れたセイレーンや父ローベルの左手から出てきた鷲頭の馬ヒッポグリフを思い起こす。

――あれは元々魔物だったのか
そして、ルシウスは両親の会話を思い返した。確かゴブリンも魔物と呼んでいた。

「魔物と契約できるのであれば、ゴブリンと契約して手を引いてもらえればいいのでは？」

「魔物を式とできるのは、魔核1つで1体だけだ。俺も、エミリーも、マティルダもすでに式と契約しているから不可能だ」

「マティルダさんも？」

「ええ、その通りです」

周囲を警戒していた侍女のマティルダが手短に答えた。

ルシウスは今できることを考える。

「なら僕が４体と契約しますよ。４つ魔核があるんでしょ？」

「駄目だ。ゴブリンの群れは厄介だが１体１体は強い魔物じゃない。お前にはシルバーハート領を守るという役目が有る。もっと強い式を持つべきだ」

――爵位を継ぐつもりは……

「うぐぅッ」

怪我《けが》の為、気を失っていた双子の父親が半身を起こした。

「おい、今は横になってろ」

「ロ、ローベル様。私を置いて……っぐッ……進んで下さい。私の子達も……置いていって……下さい」

「何を言ってる」

「ローベル様達だけなら……この森はすぐ……抜けられます」

双子の父が言うことは事実だ。

怪我人の男と双子の幼い子供を置いて、歩けば森を抜けられるかもしれない。

——父さん、母さんはどうするつもりだ？

普段は人間味にあふれる両親。だが、本質的なところでは選民意識のある貴族だろう。

前世の両親がそうであったように。

「貴族は民衆を守るための剣であり、盾だ」

「で……すが」

「お前の家族を見捨てて、他の領民の命が多く助かるなら、いくらでも俺は泥をかぶる。

だが、今ここには、貴族と領民しかいない。領民を見捨てることなどありはしない」

「だから……です。貴方に万一の事があれば……多くの領民が困ります。冬を越せず……

野垂れ死ぬものも多く……出ます」

「気にするな。お前は自分の体と子供達の心配だけしていればいい」

「……ローベ……ル様」

話を終えた男は再び意識を失った。

「父さん」

「いいか、ルシウス。覚えておくんだ。力が無ければ奪われるだけだ。何も守れない」

「誰に？　誰に奪われるんですか？」

「あらゆる者にだ」

どうも釈然としない。

「では、何を守るんですか？」

「領民の全てをだ。俺は家族が大事だが、同じくらい領民を大事にしている。だからこそ、幼いお前に【授魔の儀】を受けさせた。今はまだ俺が守ってやる。だが、いつかはお前が皆を守ってほしい」

父の想定外の反応に心が揺さぶられる。

ローベルの真っ直《ま》ぐ《す》な視線に対して、その場しのぎでも首を縦に振ることにためらってしまった。

二人の間に沈黙が流れる。

「ローベル、ルシウス、話はそれまで。今は休んでなさい」

母エミリーが沈黙を破ると、鼻歌を歌い始めた。

——父さんに子守唄？

唄とともに、人の胴体ほどありそうな、卵のようなものが母の横に現れる。

よく見ると卵には顔がある。薄水色の肌をした女性であり、短い手足をかがめているような姿だったのだ。

「それが母さんの式？」

「そうよ。アーパスのリュカっていうの」

「アーパス……」

「リュカ、霧を」

母親が命じるとアーパスのリュカの目が開き、一瞬で辺りが霧に包まれた。

一寸先も見えぬほどの濃い霧だ。

「この霧ならば、ゴブリンにもしばらくは狙われることはないでしょう」

確かにこれだけ濃い霧。歩き慣れた場所でも位置を見失いそうだ。ましてや夜の森である。

「父さんも母さんもこんなことができたんだ」

「ええ、貴族は皆、式を持っていますからね」

「領民を守る為の力……ですか」

「そうよ。今は貴方を守る力でもあるわ」

エミリーはルシウスの頭を撫《な》でる。

胸中に、疑問が湧いてきた。

『貴族は虚飾に塗《まみ》れただけの存在なのか』

ルシウスは疑念から目をそらすように侍女へ問いかける。

「……マティルダさんはどんな式を？」

「私の式は最下級の妖精です。正直、落とし物を捜す程度にしか役に立ちません。それでも周囲を警戒することはできます」

「……すごいじゃないですか」

皆、この状況でできることをやっている。

それに比べて、自分はどうか。

思い悩むルシウスへとエミリーが諭すように話しかける。

「ルシウスも少し休んで。この霧は４時間程度しか保たないわ。私の魔力が尽きてしまうから」

どうやら式の力は自分の魔力を消費するらしい。

「うん」

母親に促され、王からもらった剣を抱えるように地面へ横になる。

半日ほど歩き通しだったルシウスは、まぶたを閉じるとすぐに眠りへと落ちていった。

「ギュイイイイ!!」

猛烈な怒声で突然、目が覚めた。

まだ時は真夜中のようで、月が西側に昇っている。

母エミリーが展開した霧はすでに無くなっており、辺りは黒く塗り潰された木々と草むらを蠢《うごめ》く何か、だけだった。

「ルシウス、起きたか?」

振り向くとすぐ後ろに父がいる。

すでに鷲頭《わしがしら》の馬ヒッポグリフを喚《よ》んでいた。

「父さん、今の声は?」

ローベルが声を押し殺して、返答する。

「ゴブリン共の大将が出てきたらしい」

森の巨木が倒され轟音《ごうおん》が鳴り響く。

ゴブリン達が木陰からずらりと現れた。だが、先程と違い、すぐには襲って来ない。

——警戒してる? いや……

ゴブリン達が声を揃《そろ》えながら、雄叫《おたけ》びを連呼し始めた。

「「「ギイ、ギイ、ギイ――」」」

すると、倒れた木の奥から、一際《ひときわ》大きなゴブリンが姿を現した。

他のゴブリンの二回りは大きな体軀《たいく》である。

「やっぱりな。ボブゴブリンがいたか」

父ローベルは想定していたのか、驚いた様子は無い。

「いくぞ」

父はヒッポグリフに跨《また》がり、空を飛んだ。

空中で剣を引き抜いた直後、凄《すさ》まじい速度でホブゴブリンへと向かっていく。

速度の乗ったローベルの斬撃を、ホブゴブリンはサビだらけの大剣であっさりと受け止める。

開戦の合図。

森の奥から現れたゴブリン達が、次々にローベルとヒッポグリフへと襲いかかる。

もはや数えるのも馬鹿らしいほどの数だ。

昼頃に襲ってきたゴブリンは群れの一部でしかなかったのだろう。

ローベルは剣と風を、鷲頭は爪と風を巧みに使いながらゴブリンたちをもぐら叩《たた》きのように屠《ほふ》っていく。

だが、ホブゴブリンにはいずれの刃も届かない。

うまく立ち回っているのもあるが、それ以上に――

「クソッ！　仲間を道具にしやがって」

ホブゴブリンは仲間であるはずのゴブリンを盾とし、頭を摑《つか》んで投げつける。とても同族にしていいとは思えない行為。

仲間を盾にするホブゴブリンも、盾にされるゴブリンも皆、笑っている。まるで死にながら獲物を弄んでいるかのように。

――狂ってる
ローベルの剣が遂《つい》にホブゴブリンへと肉薄する。ホブゴブリンとローベルの剣が切り結び、拮抗《きっこう》した。

両者、鍔《つば》迫《ぜ》り合いのため動けなくなる。

一瞬でも気をぬいた方がそのまま斬り伏せられるだろう。

その時、ホブゴブリンの周囲にいたゴブリン達が好機とみたのか、ローベルとヒッポグリフを無視し、一斉にルシウス達へと向かってきた。

ローベルは咄嗟《とっさ》に進行を防ごうとしたが、ホブゴブリンとの拮抗が傾き、一気に押し切られそうになる。

押し返された刃がローベルの肩に当たり、血がにじんだ。

「やめろッ‼」

ローベルの叫びを嘲笑《あざわら》うかのように、ゴブリン達は次々と向かってくる。

ゴブリン達は皆、歪《ゆが》んだ笑い声をあげた。

危険を感じ取った母エミリーがルシウスを庇《かば》うように覆いかぶさる。

ゴブリン達の波は瞬《また》く間にルシウス達を呑《の》み込んだ。

一瞬の出来事であったが、状況は一変した。

ほとんどのゴブリンは、ルシウスや双子の親子達には脇目も振らず、女を目の前にして、狂喜していた。

ルシウスを守るために覆《おお》い被《かぶ》さったはずのエミリーは、すぐに引き剝がされて、四肢を押さえつけられる。

侍女のマティルダはすでに数匹のゴブリンに組み伏せられており、周囲にいるゴブリン達は下卑た笑いを浮かべながら、股の汚物をそそり立たせている。

子供達に無関心なものばかりでは無い。数匹のゴブリンが、サビだらけの斧《おの》を振り回しながら、双子の子供の足を持ち引き摺《ず》り回している。

子供を殺す前に仲間と奪いあっているのだ。双子が死んだ後はルシウスの番だろう。

ルシウスは頭が真っ白になり、状況が整理できない。

今日の朝、宿を出たときまでは日常だった。

昼、襲われたとき、驚きはしたが、父がなんとかしてくれた。

だが、今、まさに目の間に広がる光景は想定もしなかったものだ。どこか現実感にかけるもののように思える。

――この状況は何だ？

呆然《ぼうぜん》とするルシウスを他所《よそ》に、組み伏せられながらも、エミリーが叫んだ。

「ローベル！　ルシウスだけでも連れて逃げてッ！」

「クソッ！」

ホブゴブリンに行手を阻《はば》まれたローベルが血を流しながらも、ホブゴブリンを必死に振り切ろうとしている。傷を負ってまで鍔迫り合いを引いたのだろう。

ローベルの視線の先にいるのはルシウスだけだ。

母エミリーの言葉通り父ローベルは、ルシウスだけを助けようとしている。苦悶《くもん》に満ちた表情を浮かべながら。

――なぜだ？

不思議と頭に浮かんだのは、恐怖ではなかった。

苛立《いらだ》ち。

貴族に生まれたこと。いらぬ立場を背負わされたこと。理不尽な暴力を受けること。母や侍女が犯されること。幼い子供や怪我人《けがにん》が死んでいくこと。

自分だけが助かるかもしれないこと。

そして、心のどこかで、それに安堵《あんど》していること。

すべてに腹が立って仕方ない。

先程の父の言葉が思い出される。


『力がなければ奪われる』。


急にストンと言葉が胸に落ちた。

──ああ、これが奪われるということか
父が、力が必要といったときにはいまいちピンと来ていなかった。

日本という治安のいい国で過ごしてきた。転生してからも貴族として人並みの暮らしをしてきていた。

だが力が無ければ、守れないものが、この世界には当たり前にある。もしかしたら、前の世界もそうだったのかもしれない。

貴族が【授魔の儀】を受けさせるのは、守る力が統治に必要だからなのだ。

だからこそ、父と母は心を殺して、ルシウスに力を宿らせたのだ。

そうしなければ、他の誰かが奪われる。

領民を守る。

それは概念論ではない。建前ではない。

現実なのだ。

前世の両親達の様に、守るべき民も土地もない中で、特権だけに執着した者たちとは違う。

ローベルは守ってほしいと言った。

託そうとしているのだと、今なら理解できる。

ルシウスは細く小さな腕で、抱えていた剣を鞘《さや》から引き抜いた。鞘を落としたという方が正確かもしれない。

王より賜った剣を握りしめる。

――重い
鉄の塊以上に重く感じる。

これが責務か。

誰かに必要とされたい、自分を見ていてほしいとずっと感じていた。

――もうとっくの昔から見てくれていたんだ
やるべきことははっきりしている。

逃げることでは無い。

母や侍女を助けることでも、父に加勢することでも無い。

たとえ刺し違えたとしても、領民の双子を守ることだ。

ルシウスは剣に魔力を込める。

今まで体内でしか動かせなかった魔力が、ずっと前からできていたかのように、刀身へと流れていく。

「その子達を離せ！」

ルシウスは、よろよろと剣を振り上げるが、今にも剣の重さに潰れそうだ。

ゴブリン達はルシウスの膨大な魔力に当てられたのか、手を止め、涎《よだれ》をボタボタと垂らしながら、ルシウスに視線が集まる。

ルシウスという最高の料理を目の前にして、辛抱できないとばかりに、場にいるすべてのゴブリンが、一斉に襲いかかった。

ルシウスは構わず、さらに魔力を込める。

次第に剣は光を帯び始めた。

左手の魔核だけではなく、全身の魔核から魔力を振り絞り剣に全てを込める。

さらに剣の光は強くなり、森が真昼になった。いや、森の中に小さな太陽があるかの様だ。

「なんだ、ありゃ⁉」

ホブゴブリンと戦闘を繰り広げていたローベルが唖然《あぜん》とする。

目も開けられないほどの光が周囲を包み込んだ。

次第に魔力を込めるのではなく、逆に剣に吸われているかの様な感覚だ。

――魔力を吸われる⁉

鮮烈な眩耀《げんよう》だが、暖かい日の光に包まれるような心地よさがある。

――温かい
それも束《つか》の間、急に怠《だる》さを覚えた。

体の中に常にあった魔力をほとんど感じない。

魔力が無くなったのだと気がつくとほぼ同時に、ルシウスの魔力をほとんど吸い尽くした剣は、光を失った。

森は暗さを取り戻し、星の光に照らされたルシウスが、剣をだらりと下げていた。

ゴブリン達だったと思われる灰が夜風に吹かれて崩れ去る。

ホブゴブリンだけは体が大きすぎたのか、炭化した芯を残した。

人には温かい光だが、魔物には体を灼《や》くほどの赫《かがや》きだったようだ。

「す、すごい」

エミリーが唖然としながら起き上がる。

ローベルもヒッポグリフから飛び降りた。

「ルシウス‼　本当にすごいやつだッ！」

王の宝剣。

王の言葉通り、魔力を得て、人外の力を発揮したようだ。

だが、今はそんなことはどうでもいい。

安堵とともに怪我《けが》をした父に抱きつく双子達。恐怖から解放され、うずくまったままの侍女マティルダ。

魔物を灰にした光よりも、その姿の方が何倍も重要だ。

――これが誰かを守るということ
ルシウスは意を決したように父と母の顔を見据えた。

「父さん、母さん。僕は立派な男爵になるよ」

月に照らされたルシウスの顔はとても晴れやかだった。

新たな力

DANSHAKU MUSO

「ルシウス、それじゃダメだ」

父ローベルが、木刀をルシウスの喉元へ突きつける。

「……降参」

ルシウスは手に持った木刀を地面へと向ける。

昼前、ルシウスとローベルは屋敷《やしき》の裏にある空き地で剣術の訓練を行っていた。

「なんか、こう、鋭さが無い。もっとビュッて感じで動く様に意識しろ」

「……うん」

父ローベルと剣術訓練を始めて5年以上になる。が、ローベルは正直教えるのは上手《うま》くないと思う。どうも全て感覚的なのだ。

気を取り直したように、額に光る汗を袖で拭う。

ルシウスは10歳。

【鑑定の儀】の帰り道以来、立派な男爵になる為《ため》、父に様々な教えを乞うている。

剣術や槍術《そうじゅつ》、弓術もその一環だ。

この世界には危険が多くある。魔物を始めとして、不作により田畑を放棄して野盗となった者も多い。

言葉や規範だけでは領地を守れない。

力が必要なことが多い為、貴族にとっての力は重要視される。特に中央の権威が手薄になる田舎では、それが顕著だ。

前世のイメージで言えば、警察、救急、消防、役所、税務、農協、裁判をドラグオン家が担《にな》っている。無論、日本のようなきめ細やかな行政サービスが有るわけではなく、ドラグオン家と領民が共同で村を運営しているような形である。

だが、荒事の際、先陣を切るのは常にローベルであった。

「おやまあ、今日もルシウスは精がでるねぇ、立派な領主になっておくれよ」

急に声がかかる。

振り向くとシルバーハート村の村人がいた。

村の中央にある屋敷の裏手近くに住む老婆である。

「マデリン婆《ばあ》さん、ありがたいが、もういいって言ってるだろ」

老婆の手には、紙で包まれた焼いたパンが握られている。

「ローベル坊や、あんたのじゃないよ。エミリーとルシウスの為に焼いてきたんだ」

「いや、だから、冬に向けて蓄えておけって」

「今年の小麦は豊作だからねぇ」

ローベルの言葉を聞き流すと、老婆は屋敷の正門がある家の正面へと消えていった。

「ったく。終わりにするか」

最近、昼ごはん時になると、村人が何かを差し入れに来る。

村人の訪問が、近頃の終了の合図でもある。

そして、2人は汗を流し、着替えを終えてから、食卓へとついた。

面々はいつも通りの父ローベル、母エミリー、侍女マティルダだ。

「ルシウス様、どうぞ」

マティルダがパンとスープを取り分けてくれる。パンは先程の老婆が焼いてくれたものだろう。

「ありがとう、マティルダさん」

マティルダの表情は相変わらず硬い。

成長し、大分違和感が減ったのか一時期ほど怪訝《けげん》ではないが、それでもルシウスの言動に対する不信感は残っている様だ。

「奥様もどうぞ」

「いや、私は大丈夫よ。どうも匂いがダメみたいで」

給仕《きゅうじ》を断った母のお腹《なか》がやや膨れている。

村人が差し入れに来るのはエミリーが目的である。

「ダメです。お腹の子にとって今は重要な時期です。少しだけでも栄養を摂《と》らないと」

マティルダの気迫に押し負けた様で、エミリーは少しだけ皿に配膳してもらった。

「そうね」

「あまり無理をするなよ」

ルシウス以降なかなか授からなかった子供が、今エミリーのお腹の中にいる。両親も村人も、気が気でない様子である。

皆の皿にスープが注がれ、マティルダも席に着くと、ローベルが真剣な面持ちで話を始めた。

「なあルシウス、そろそろ小麦の収穫が終わりそうだな」

ローベルとエミリーが目線で合図を送り合う。

「もう真夏だしね。それがどうかした？」

「お前も、そろそろ式を持つことを考える時期になったってことだ。もちろん来年の収穫時期でも良いがな」

式。

人は魔力を持つが術式を持たない。

魔力を現世《げんせ》に顕現させる為には、術式を持って生まれる魔物と契約する必要がある。

契約した魔物は生涯のパートナーとなり式と呼ばれる。

「式！」

ルシウスの顔がほころんだ。

魔物との契約は待ちわびたことではある。立派な男爵になる為には、やはり式の存在は欠かせない。父ローベルと同じように、魔物を従えたいと、あの日以来ずっと思っていた。

だが、父からの承諾が得られなかったのだ。

しかも、いつ頃魔物と契約できるのかすら、全く教えてもらえなかった。

「ああ」

ローベルが頷《うなず》く。

「でも、小麦の収穫時期と関係あるの？」

「おいおい、お前は立派な男爵になるんだろ？　領民の生活のことも考えるんだ。子供だけで魔物に会いに行ける訳ない。親も収穫の真っ最中に仕事を休む訳にはいかん。それに、収穫による税を管理する貴族たちも手が離せん」

「なるほど」

ルシウスは得心する。

「でも、いつ契約するか位は教えてほしかった。ちゃんと教えてくれれば、準備も色々とできたのに」

「ああ、それな。それは、出るからだな」

「出る？」

「契約できる年齢になったと思ったら、後先考えずに1人で魔物に会いに行っちまう子供が毎年何人かいるんだ。貴族、領民問わずな。だから、あまり時期については教えないことが多い」

式を持つことは、魔力を宿した子供にとって、大人へ至る通過儀礼でもある。我慢できずに先走る子供がいることは理解できる。

「確かにありそうな話」

「だろ？　というわけでだ、来週の稽古は無しだ。式を得るために一緒に森に行くぞ。ちょっとしたサプライズもある」

「サプライズ？」

「まあ、すぐに分かる」

ローベルは悪戯《いたずら》にワクワクする少年の様に笑った。


5日後。

夜、ルシウスは1人部屋で本を読んでいた。ページをめくり、かじり付くようにノートへと要点をまとめていく。

本のタイトルは『アヴァロティス王国の発展と法典の関与』

マティルダに言わせれば、3ページで人を眠りに誘う魔性の本とのことだ。必要な項目をノートにまとめ終えた頃、1階が騒がしくなった。

ローベルとエミリーが誰かと話している声が漏れ聞こえてくる。

――こんな時間に来客？

田舎の貴族とはいえ、父の元を仕事で訪れる者はよくいる。むしろ田舎だからこそ、か。

田舎ゆえに、ほとんどが領民の民家である。

商人や役人、他の貴族など、何かある度、領主であるローベルのところへ直接訪れるのだ。

「まっ、いいか」

ルシウスは新しい本を取り出そうと手をのばす。

その時、階段を誰かが上がってくる音が聞こえた。

――マティルダさんかな
訪問客に会わせるために呼ばれることは間々ある。特にルシウスが史上初の４つの魔核持ちであることを知っている来客は好んで、ひと目会いたがった。

想像通りルシウスの部屋の扉が開く。

「あ、今、行きますね」

ルシウスが席を立とうとした時、聞き慣れない声が響いた。

「ルシウス・ノリス・ドラグオン！　アンタには負けないからッ！」

――ん？

初めて聞く声に振り向くと、ルシウスと同い年くらいの少女が扉の前に立っていた。

淡い水色の長い髪の毛をなびかせ、仁王立ちになっている。

髪とは真逆に、瞳はどこまでも鮮烈に赤く、敵意をむき出しにしてルシウスを睨《にら》みつけていた。

異性としては全くの対象外であるが、10歳にして容姿は既に整っており、将来は誰もが振り向く美人になることを感じさせる。

「あの……誰ですか？」

「あああぁ、やっぱり許せない！　何で覚えてないのよ！　オリビア・ノリス・ウィンザーよ！」

「いや、だから誰だよ……」

夜、自宅で本を読んでいたら、いきなり見知らぬ少女に喧嘩《けんか》を売られた。わけがわからないが、事実である。

「ん？　ノリス・ウィンザー？」

目の前の水色髪の少女には全く見覚えはないが、名前には聞き覚えがあった。

特に姓。

本でも何度も目にした。父の政務に随伴する中でも何度も耳にした。

国の北方を統括する大貴族であるシュトラウス・ノリス・ウィンザー侯爵その人である。

父ローベルの寄親でもあり、【鑑定の儀】で場を仕切っていた貴族である。

そして、ノリス・ウィンザーを名乗れるのは、シュトラウス卿《きょう》の直系のみである。

ルシウスは【鑑定の儀】でシュトラウス卿の娘が参加していたことを思い出した。

確か娘の名前はオリビア。

「もしかしてシュトラウス卿のご息女、オリビア様でしょうか？」

オリビアは更に苛立《いらだ》ちを強める。

「何で確認しないと分からないのよ！　【鑑定の儀】のときに会ったじゃない」

「いや、だって……３歳のときに１回だけ」

普通は３歳の時の記憶などほとんど残りもしない。

前世の記憶があったルシウスははっきりと覚えているが、それでも７年も前のことである。会った人、全員を覚えているわけがない。

「……本当に……忘れてたの？」

ショックを受けている水色髪の少女。

「いえ、今思い出しましたよ。それより、なぜ家にいらしてるのでしょうか？」

「知らない！」

オリビアは扉をバタンと強く閉めて、階段を下りていった。

「…………」

全く訳がわからないルシウスは、ポカンとしてしまった。


翌朝。

昨夜のことは夢であったのではないかという、僅かな望みを持ってダイニングへと下りる。

——そんな訳ないよな

扉を開けると、普段は家に居ない3名の顔が目に飛び込んだ。

やはりダイニングのテーブルにはオリビアが座り、ルシウスを睨みつけている。

オリビアの後には鋭い目つきの屈強な男性が立っている。おそらく護衛だろう。

そして最後にもう一人。

品の良い、只《ただ》ならぬ雰囲気をまとう老婆がいた。

その顔ははっきりと覚えている。

「貴女《あなた》は鑑定のときの！」

「おやまあ、覚えておいてくれたのかい。うれしいねぇ、四重唱の坊や」

老婆の顔が綻んだ。【鑑定の儀】の際に、セイレーンを従えていた老婆だ。

「もちろんです！」

ルシウスにとって、初めての式を間近で見た衝撃的な出来事である。忘れるはずがない。

「私のことは忘れてたじゃない」

オリビアがたまらず口を挟んだ。

「まあ、大分、成長もしていますからね」

ルシウスは、一応取り繕った程度の言い訳をする。

「ババアの顔は変わらんか」

セイレーンを従える老婆がくつくつと笑った。

「えっ、いや、その」

反応に困る。変わったとも、変わらないとも答えられない。

どっちが失礼に当たらないのか判断できないからだ。

「グフェル様、あまり息子をからかわないでいただけます？」

母エミリーが困る息子へ助け舟を出した。

「悪かったね、そう怖い顔をせんでおくれよ、ドラグオンの娘。我らオルレアンス一族、始まって以来の４つの魔核持ち。気になって仕方ないのだよ」

「はぁ」

エミリーもすんなり謝られると、これ以上諌《いさ》めようがない。

「グフェル様はオルレアンス家の方なのですか？」

「そうさ。オルレアンス家の端くれさ」

オルレアンス家。

式の記録と研究を担《にな》う古い一族だと本で読んだことがある。

その一族に生まれついた者は、皆、式狂いらしく、一生を式の調査に捧《ささ》げるのだ。

この世界では式とは軍事力そのものであり、生活にも多大な影響を与える存在だ。

ゆえに式の研究は国家の最重要事項の一つと考えられ、その中枢を担うオルレアンス家の地位は高い。少なくとも田舎の貧乏男爵家とは比べるべくもない。

かつて州都でルシウスが鑑定された後、調査に派遣された一団もオルレアンスの末端である。

エミリーが大きなお腹《なか》をさすりながら、ため息をつく。

「ルシウス、グフェル様はオルレアンス家の前当主よ」

「前当主!?」

「もう家督はバカ息子に譲ったよ。今はただの隠居の身。後は死を待つだけだと思ってた所に坊やが現れた。人生、何が起こるかわかんないねぇ」

老婆は水晶のように淡く光るような視線でルシウスを見る。まるで貴重なモルモットを見るかのようだ。

「そんな方がなぜ家に？」

「それはご飯を食べたあとにしようかね。冷めてしまう」

グフェルの呼び掛けにより食事が始まる。

普段と違い、侍女マティルダは着席していない。主人の背後に控えるという本来通りのマナーに徹しているからだ。

それが尚《なお》の事、ソワソワとさせる。

たいして弾みもしない表面的な会話の中、皆、朝食を摂《と》るのだった。

そして、朝食の後、貴族の屋敷《やしき》としては、かなり控えめな玄関ホールに、屋敷中の人が集まっていた。ルシウス、両親、侍女マティルダ、侯爵令嬢オリビア、鑑定の老婆グフェル、オリビアの護衛騎士が立ち並ぶと、かなり窮屈に感じる。

皆が集まった所で、玄関のドアノッカーがカンカンと音を立てた。

扉が少しだけ開くと、男の子の顔が覗《のぞ》く。

「ご、ごめん……ください」

「ポール。もっとはっきり話して！　ごめんください！　お父さんに行ってこいと言われたので来ました！」

「で、でもキール。そんなに声出したら僕たちが来たってバレちゃうよぉ」

——いや、他人の家にバレない様に入っちゃダメだろ
双子の兄弟たちが屋敷へ訪れたのだ。この双子はかつて一緒に【鑑定の儀】に同行した

兄弟だ。

「やあ、キール、ポール」

ルシウスが手をふる。

ポールが救いを求めるようにルシウスへとオロオロ近づいてきた。

「ルシウス……。な、なんか、お父さんに行って来いって言われたんだ」

「そうなの？」

ルシウスは双子の兄キールへと確認した。

「ああ、そうだよ。大事な用があるから、この時間に領主様の家を訪ねるようにって」

シルバーハート村の双子キールとポールは、ルシウスと仲が良い。

たまに一緒に遊んだりもする。実態としては、ルシウスが子供たちの面倒を見ているような形ではあるが。

グフェルが、しわがれた声をかける。

「この村の子供達だね。待っていたよ」

ローベルが、グフェルへ目配せをしながら、静かにうなずいた。

どうやらグフェルに命じられて、父ローベルが双子を呼んだようだ。

「さて、式との契約を始めようかね」

グフェルの声が響いた。

そして、深い皺《しわ》を刻み込んだ左手を掲げる。

「おいでや、セイレーン」

グフェルの横に【鑑定の儀】で見た半人半鳥の魔物が現れる。

「ひゃあぁあああ！　ごめんなさい！　ごめんなさい！」

ポールが頭を抱え、床に突っ伏した。

「こら、ポール！　立つんだ！」

双子の弟をたしなめる兄キールの足は震え、オリビアも白く細い指が小刻みに揺れている。

――まあ、子供からしたらトラウマレベルだろうな
魔力を宿した子供は3歳時にセイレーンによる鑑定を受ける。

村人のキールとポールはルシウス達とは違う場所で受けたのだが、特に鑑定方法は変わらない。

はっきりとした記憶は残らなくとも、その恐怖は心に刻み込まれたのだろう。

「式は何もしやしないよ。まあ、アンタは例外だったがね」

グフェルがルシウスを見る。

「魔物は魔力に惹《ひ》かれるからね。あんたの極上の魔力に、私の式も魔物の本性が出てしまったのさ。よかったね、喰《く》われなくて」

セイレーンが意味ありげな微笑を浮かべる。

ルシウスは【鑑定の儀】に耳にしたセイレーンの美しい声を思い出す。

――『美味《おい》しそう』って、本当にそのままの意味だったのか
「さて、早速、鑑定するかね」

老婆の目が光る。

「「「「ひッ」」」」

…………

「順調に育ってるね」

ご満悦のグフェルに対して、精神的に参っている子供たちが4人。

セイレーンの声は、精神的な揺さぶりをかける。

皆、朦朧《もうろう》とする中、必死に耐えたのだ。

ともかく鑑定の結果は次のとおりである。

ルシウス
第1級の騎手魔核

第1級の砲手魔核
第1級の詠口魔核
第1級の白眼魔核

オリビア
第2級の騎手魔核

キール
第5級の騎手魔核

ポール
第6級の騎手魔核

ルシウスは頭を押さえながら、グフェルへ話かけた。

「まさか、鑑定を人生で2回も受けるとは思いませんでしたよ」

「そうりゃ当然さ。3歳で受けるのは魔核が在ることを確認する鑑定。今のは、どの程度の魔物と契約するべきかを確認する為《ため》の鑑定だよ」

「契約するべき魔物？」

「魔力の増幅は、10歳頃に止まる。その時点である程度、契約できる魔物が決まるのさ。魔物の強さも第6級から第1級まで分けられる。個体差はあるが、大体同じ等級の魔物と契約することが良いとされている。まあ、第1級の魔力を持ってても第6級の魔物と契約することはできるがね」

グフェルの言葉には心当たりがあった。

ルシウス自身、ここ最近、魔力の増加が緩やかになっている様に感じていたのだ。

「なるほど」

そして、グフェルが、わざわざこんな辺境へ訪れた理由を理解する。

子供たちが契約に臨む相手を間違えないためだ。

とはいえ、いつでも、どこでも、鑑定をしてあげられる程、オルレアンス家は暇ではない。ある程度、契約できる年齢の子供たちを集めて、鑑定を済ませるのだろう。

「しかし、まあアンタの鑑定結果は相変わらず信じらんないね。全部の魔核が1級だとかねえ。被虐嗜好《しこう》でもあるのかい？」

グフェルは楽しくて仕方ないといった様子だ。

「いえ、性癖は至って普通です。ただ、立派な男爵になるため魔力は必要だと本で読みましたので、トレーニングは欠かしませんでした」

「まあ、間違っちゃいないよ。魔力の多寡は貴族には重要だからね。ドラグオン家にとっては殊更。坊やは一体どんな魔物と契約するのかねぇ」

グフェルは老婆の眼《め》とは思えないほど、朗色に目を輝かせている。

皆の視線がルシウスへと注がれる中、1人オリビアが毒づいた。

「フンッ！　私はまだ負けてないわ！　魔力の多さだけが重要じゃないって、お父様も言われていたから！」

ルシウスは言葉を選びながらも、丁寧に諭すように返した。

「オリビア様。貴族同士の勝ち負けなど、重要ではありません。重要なのは領民が幸せに暮らせる為の力があるか、どうかです」

「わ、わかってるわよ！」

ルシウスに正論を返されてオリビアはうろたえる。

貴族は特権階級である。

だからこそ、責務を負うのであって、その特権に胡座《あぐら》をかくための言い訳ではない。

そもそもこの世では、人が生きること自体、簡単ではない。

魔物、天災、犯罪者、飢饉《ききん》、病から領民を守るからこそ、貴族は敬われるのだ。

「さて、話はここまでにして、実地に移ろうかね。後は、ドラグオン男爵に任せるよ」

やっと出番が来たか、とローベルは笑った。

「それじゃ明日、朝早くから森に行くからな。今日は体をしっかり休めておけよ」

父ローベルの呼びかけにより、その場は解散となった。


その日の昼、ルシウスとオリビアは村の中を2人で歩いていた。

「銀珀《ぎんはく》をご覧になったことは？」

「あ、あるわよ」

オリビアの方がビクッと動いた。先程からオリビアは気まずそうに、あちこちへ目が泳いでいる。

「お母様が持っているものを少しだけなら……」

「まあ、このシルバーハート領の名産ですからね」

父ローベルの指示により、オリビアに村を案内していた。オリビアの護衛も流石《さすが》に小さな村の探索までには付いてこなかったため、2人きりである。

そんな調子で歩いていると、近くを通り過ぎた村人が話しかけてきた。

村で唯一の雑貨屋の女将《おかみ》である。

「ルシウス坊ちゃん。今日の訓練は、どうしたの？」

「こんにちは。今日は、父さんがお休みにするって言ったので」

「もしかして、風邪でも引いたのかい？」

女将は、さも当然のようにルシウスの額へ手を当てた。

その様子にオリビアが目を丸くして見ている。

「いえ、明日から式探しを行うからですね」

「あら、もうそんな年なのかい。大きくなるのは早いね。つい最近までハイハイしてたのに」

いくらなんでも、それは最近の定義がおかしいと思うが、聞き流す。

「ええ、父さんのように村のためになる式と契約してみせますよ」

「無理はしすぎないようにね。それよりもそのお人形さんみたいに可愛《かわい》いお嬢さんは？もしかしてルシウス坊ちゃんの恋人かい？」

話を振られると思ってなかったオリビアの声がうわずった。

「ち、ちがうわ。そんなことありえるわけないじゃない‼」

「ほら、でも貴族様は早く婚約するんだろう？　ローベル様が言ってたけど、ルシウス坊ちゃんは魔力も多くて、有望株らしいじゃないかい」

オリビアと女将へと、笑いかけたルシウスの顔を咄嗟《とっさ》にオリビアがそらした。

少しだけ耳が赤いような気がするが、話が変にこじれない内に軌道を修正しなくてはならない。

「婚約者ではなく、ご客人ですよ」

ルシウスはオリビアの素性をあえて説明しない。名もできるだけ口にしないようにしている。大貴族の令嬢であるなどと喧伝《けんでん》するものではないからだ。

もちろん村人に何かされるとは思わないが、由緒《ゆいしょ》正しい身分の人間はただそこに居るだけで、周囲を萎縮させる上に、万が一の事もありえる。それはオリビア自身にとっても村人にとっても良いことではない。

「そうかい？　でも２人はお似合いだと思うわよ。男女の出会いはたくさんあるけど、無駄にできるほど、時間は待ってくれないからね。じゃあね」

ルシウスと女将は簡単な挨拶をして、別れた。

女将が建物の陰へ消えたときにオリビアが胸に手を当てながら、口を開く。

「りょ、領民との距離が近すぎじゃない⁉　あの人、何も言わずにルシウスに触れてきたわよ⁉」

「いつも通りですよ」

大体の村人とは、ずっとあの距離感である。もっと近い人間も居るくらいだ。そもそも小さな村であり、領民との共同作業も多いのだ。いちいち他人行儀で暮らしていけるわけがない。

「やっぱり地方に来てみるものね。州都では考えられないわ」

オリビアは一人納得している。そんな事を話している内に、目的地が見えてきた。

「あの建物です」

ルシウスは村外れにある小さな家を指さした。レンガのように切り出した岩石で作られた家である。

「思ったより近いのね」

「小さな村ですから」

オリビアの質問へ答えながら、ルシウスが戸を開ける。

「ごめんください」

中は作業小屋になっており、工具と装飾台が整然と並んでいた。

「なんだ。ルシウスじゃないか」

40代ほどのひげを蓄えた男が、作業台に座ったまま返事をする。村一番の宝石彫刻師であり、この工房の主人である。

「銀珀の加工をみせてもらっていいですか？」

「ああ、いくらでも見ていけ」

主人は無愛想《ぶあいそう》にひげを撫《な》でながら答えると、作業を再開する。

ルシウスたちは主人の作業台の横にあった丸椅子へと腰を掛けた。

主人の手元には小指の先程の小石がある。小石は見る角度によっては銀色に輝き、違う角度からは半透明の薄い青色の宝石のようだ。

「綺麗《きれい》な色……」

オリビアが、その宝石へ吸い込まれるように赤い瞳を輝かせた。

宝石彫刻師は横で見る２人の子供など気にしないかのように、銀珀を細かい棒状のヤスリで磨いてく。

「これが銀珀。このシルバーハートの名産です」

見入ったままで、声はオリビアの耳には届いていないようだ。

オリビアはシルバーハート領を含む一帯を統《す》べる大貴族の娘。将来は外交として、この銀珀を他の地域へ紹介する必要がある。そのため、父ローベルが加工の現場と本物を見せるようにルシウスへ案内させたのだ。

「……ルシウスの婚約者か」

作業に没頭していた男が、作業を続けながら、ルシウスへ尋ねた。

ルシウスは頭を掻《か》きながら、先程も女将から聞いた言葉へ返事する。

「いえ、客人です。父さんから銀珀を見せるように、と」

「そうか」

男は一旦作業を止める。そして赤い目を輝かせる少女を見た。

「この銀珀はな、魔物が棲《す》むシルバーウッドの森に生える銀樹の樹液が固まってできたものだ」

「魔物がいる場所……危なくはないの？」

「もちろん危険だ。今まで何人も取りに行ったまま帰ってこなかった。だからこそ、この輝きには価値がある」

オリビアの輝いていた瞳から、わずかに輝きが色褪《いろあ》せた。

「……人の命より？」

「ここは魔物が棲む森の隣にある村だ。好き嫌いや理屈じゃないんだ。魔物とともに生きるってのは、そういうことだ」

「魔物とともに、生きる……」

「厳しい環境だ。だからこそ貴族であるローベルは村の人間から敬われる。ちょっと待ってろ」

宝石彫刻師の男が膝に手を当てながら立ち上がり、店の奥へと消えていった。

しばらくしてから、店主がトレーを持ってきた。

その上には銀珀が載っている。すでに加工済みのようで涙形に加工されており、ネックレスのトップとして取り付けられていた。

「さっきのより大きい」

蒼《あお》に輝く特大の宝石。

「そうだ。これはかつてローベルが森の最深部で取ってきたものだ。命がけでな。これだけのものは滅多に出ない。2つ取ってきて、そのうちの1つをエミリーへと贈った。婚約のためにな。もう1つは子供に与えると言ってたな」

「子供ってことは、ルシウスのこと？」

「そうなる」

ルシウスも初めて聞く話だ。

「これが僕の……」

宝石彫刻師の男がトレーに載った銀珀をルシウスの手へと置く。

「綺麗……」

オリビアはルシウスの掌《てのひら》に置かれた宝石を覗《のぞ》き込む。その心を弾ませている表情は年相応の少女なのだろうと思う。

「……いります?」

「え?」

「いや、オリ──貴女《あなた》が持っていた方がよいかと。その代わり、このシルバーハート領の名産であることを皆に伝えてください」

貴族──しかも高位の貴族──が身にまとうものは、それだけでブランディングの価値がある。さらに将来、オリビアは絶世の美女になるだろう。

その人が身につけていた方が、領のためになるのではないかと考える。ルシウスが所持してもタンスの肥やしにしかならない。父ローベルが命がけで取ってきたものであれば、自分のためではなく、領のために使ったほうがいい。

「……いいの?」

上目遣いで緋色《ひいろ》の双眸《そうぼう》でルシウスを見つめる。

「いいんじゃないかな?」

そう曖昧に答えたルシウスに対して、宝石彫刻師の男がため息交じりに声をかける。

「ルシウス、わかってるのか? さっき言っただろう。婚約のために取ってきたんだ。お前さんの婚約者に渡すためだ」

「こんやく？」

何を言っているのか、理解が追いつかない。まだ10歳になったばかり。しかも自身が生まれる前に採取されたものが、なぜ婚約と関係があるのか。

反対にオリビアは、言葉自体はすぐに呑《の》み込めたようだ。だが、あくまで言葉だけで、本人は混乱しているようである。

「え？　えぇッッ⁉　そんな、いきなり婚約⁉」

期待する視線でルシウスを見る。

「いや、あ、えっ」

どうやら全く想定しないことに、婚約を申し込んでしまったようだ。

「ど、どうしてもって言うなら、お、お父様に相談してみるけ……ど」

顔を真赤《まっか》にしながらオリビアが口にする。

どう言えばいいのかわからない。すぐに断るのも失礼に当たる気もするが、このまま話を進めるのも問題が在る。

「と、父さんに確認するからッ！」

結果、ほとんど無いと言ってよい恋愛経験のキャパシティを超え、ルシウスはすべてを父ローベルへと放り投げた。

「……うん」

小さくオリビアはうつむく。

その後は無言で加工を見学し、無言で工房を後にした。

夕方、村の中を少年と少女が言葉数少なく歩く。どこか2人の間にはよそよそしい空気が漂う。

「あれ、ルシウスじゃん」

顔をあげると村の子供達。中には双子の兄弟もいる。

「皆、何してるの？」

「今、キールとポールの式を何にするか皆で話してたんだ」

子供の1人が答えるが、そんなことはどうでもいいとばかりに、女の子の1人がオリビアを見て声を上げる。

「すっごいキレイな子！　どこかの貴族様？」

「本当だ！」

「お姉ちゃんが持ってたお人形さんみたい！」

群がる子供たちに驚いたオリビアはそっとルシウスの後ろに隠れた。

「まあ、そんな所」

オリビアは気まずそうに黙ったままである。

そんな中、１人の男の子がルシウスへと声をかけてくる。

「そうだ。ルシウスも言ってあげてよ。ポールったら強くない式でいいっていうんだよ」

「なんで？　強くなくてもいいんじゃない？」

「だめだよ！」

強い口調で男の子は否定する。

「だって！　ポールが死んじゃうかもしれないんだよ⁉」

――いきなり物騒だな
「どういうこと？」

「従兄弟《いとこ》のお兄ちゃんは州都のバロンディアに住んでいて、弱い式と契約したんだけど、戦いに行ったまま帰ってこなかった。お母さんは違う場所で暮らしてるって言うけど、僕は知ってるんだ。きっと死んじゃったんだよ」

男の子は暗い顔をする。冗談で言っているとは思えない。

――戦い？　何の話だ
ルシウスにも何の話かわからない。

「勘違いなんじゃない？」

「そんな事無いよ！　だって、前会いに行ったとき、夜中、おばさん達がずっと泣いていたんだ‼　魔力なんか持たせて、ごめんって、ずっと言ってた‼」

男の子の顔は真剣そのものである。

「いや、でも——」

ルシウスが宥《なだ》めようとしたとき、ずっとルシウスの背中で黙っていたオリビアが声をあげた。

「……そうよ。強くないといけないわ。それが今の北部だもの」

「いきなりどうしたの？」

オリビアは声を上げる。

「ルシウス、これ、返すわ」

先程ルシウスが渡した銀珀《ぎんはく》のネックレスを押し付けるように返してきた。その瞳には強い意志が宿っており、先程見せた同い年の女の子としての様相はない。

「え？」

不機嫌にも思えるその口調の変化が、よくわからない。

「私は貴族としての役割を果たすわ。恋や宝石なんかは後でいいの」

「どういうこと？」

「そう……。あなたは何も知らないのね。私、先に帰る」

オリビアは1人帰り始めた。

「ちょっと待ってよ」

「ついてこないで！」

声を荒らげたオリビアは1人で夕日の中に消えていった。

――どういうこと？

「喧嘩《けんか》しちゃったの？」

双子の兄、キールが心配そうに声を掛けた。

「いや、正直よくわからないんだ」

「変なの」

オリビアの急な変化が気にはなるが、村の子供達との会話も終わっていない上に、式の話は自分も興味がある。返されたネックレスをポケットに突っ込んだ。

ここから屋敷《やしき》まではすぐ近くである。まず迷いようがない。恐らく1人で帰ることに不都合はないだろう。

しばらく村の子供達と一緒に過ごした後に、1人屋敷に戻ることになったルシウスだった。

翌日。ルシウスたちは、村外れにある森のほとりに居た。

ローベル、そしてルシウスを含む4人の子供たち、オリビアの護衛騎士だけである。

身重のエミリーは当然として、マティルダは介抱の為《ため》に屋敷に残り、年老いたグフェルは足手まといになるということで同行しなかった。

ローベルは、意味ありげな白い布で覆われた、何かを抱えている。

「父さん。ここには近づくなって、いつも言ってない？」

キールとポールも激しくうなずく。

この森はシルバーウッドの森と呼ばれる。

シルバーウッドの森と村の境界は、大人たちが子供たちへ、口酸《す》っぱく注意する場所である。

「そうりゃそうだろ。魔物が出るからな。だが、今日は魔物に会わないと話にならん」

「……まあ、そうだね」

「それはそうと、皆はどんな魔物と契約したい？」

ローベルが笑いながら問いかける。

「ぼ、ぼくは怖くない見た目の魔物がいい……です」

ポールがうつむきがちに答える。昨日の説得もあったが、結局ポールの意思は変わらなかった。ルシウスはそれでも良いと考える。

「僕は速い魔物がいいです」

キールはポールとは違い具体的だ。

「なぜ速さなんだ？」

「ルシウスと違って、僕やポールの魔力量は普通です。強い魔物とは契約できません。だから、強さ以外の取り柄がある式がいいです。騎獣としてはやっぱり速さかなって」

「そうか、そうか」

双子の希望を受け止めた。

ルシウスも双子に続く。

「もうずっと前から決まってるよ。お父さんと同じヒッポグリフにするよ」

【鑑定の儀】の帰り道、父の式を見て以来ずっと、父と同じヒッポグリフにするつもりだった。

「いいのか？　俺の魔力は3級だったからヒッポグリフが限界だった。お前は1級だ。もっと上の魔物を狙えるぞ」

「僕の目標は立派な男爵になること。そして父さんはそれを実現している。だから、ヒッポグリフで」

最後にスッとオリビアが手を挙げる。昨日は結局来客室にこもりっきりで顔を合わせなかった。

「私は王の獣、グリフォンと契約します。その為にここへ来ました」

「グリフォンと来たか、そいつは強気だな……」

ローベルは頭を掻《か》く。

「強気ではありません」

オリビアの目に力が入る。

「強気じゃなけりゃ、無謀だな。グリフォンは文句なしの1級の魔物だ。気性が荒く、気位も高い。その上、甚大《じんだい》な魔力を持っている。騎獣にできりゃ、最高だが、滅多に人には降《くだ》らんぞ」

「すべて、承知の上です。万が一私がグリフォンに切り裂かれ、死んでも一切、貴方《あなた》に責が及ばない様に伝えてあります」

「……子供のセリフだな」

オリビアがキッと睨《にら》む。

「田舎の男爵風情《ふぜい》に何が分かるんですか？」

背後に居た護衛が素早くオリビアへ近づいた。

「姫様、いけません」

オリビアはローベルの寄親シュトラウス侯爵の娘ではある。だが、国から正式に爵位を授かっている父ローベルのほうが立場は上。本来、このような言葉を使っていいほど爵位は軽いものではない。

「お嬢ちゃんが何を背負ってるかはわからん。だがな、命の大事さは痛いほど知ってる。責任を負わないなら、目の前で子供が死んでいいと言えること自体が子供のセリフだと言ったんだ」

オリビアが反発するように言葉に力を込めた。

「ですが、私は王を目指します。王たる資質を示す為に、グリフォンが必要なのです」

ローベルは、やれやれ、といわんばかりだ。

この国に本当の意味での王家はない。

日本人だったルシウスには分かりづらいが、王家を担《にな》う姓が無い代わりに、王の血族である氏がある。

四大貴族である。

各々《おのおの》、東西南北を統《す》べる四大貴族は皆、王の氏であり、王座へ至る権利を有する。

一般的に王家と呼ばれるのは、当代王の一族を指すことが多い。

目の前にいるオリビア・ノリス・ウィンザーは、ここ北部を統べるノリス・ウィンザーであり、王たる氏である。

だが、王座へ至るためには熾烈《しれつ》な争いがあるらしい。

命を賭《と》した政争に勝利したただ1人だけが、王座を手に入れられる。

ルシウスにしてみれば雲の上の話だ。

「王……」

敵対心を顕わにしながら、オリビアがその赤い目でルシウスを見る。

「そうよ、ルシウス。私はアンタとは見てる物が違うの。だから、アンタなんかに負けるわけにいかないの」

「……確かに目指しているものは違いそうだね」

だが、ルシウスは敵対心そのものを躱《かわ》した。今は、姫君のわがままに付き合う時間ではない。

ルシウスはローベルへと向かう。

「それで、父さん。魔物との契約ってどうやるの？」

「待ってろ」

ローベルは手に持った何かの布を解いた。

「この【騎獣の義手】を使う」

転生してから全く見なかった形状、素材だ。

陶磁器に似た何かと金属でできた左手だった。

籠手《こて》というのだろうか。左腕の肘から先をすっぽり覆うような形だ。

前世でも見たことはないが、どこかこの世界にはない異質感がある。

「珍しいだろ、古代の遺物だ。それなりの数が発掘されるもんだが、【塔】の連中にしか直せない。壊すなよ？」

ローベルは全員へ注意を促した後、話を続ける。

「さて、最初はポールだ。これをはめるんだ」

「え？　えッ⁉」

ポールがキョロキョロと辺りを見回す。

「このシルバーウッドの森は奥へ行けば行くほど強い魔物が出る。まずは浅層で６級の魔物を探すぞ」

涙目のポールに【騎獣の義手】がはめられる。

大人のサイズなのか、10歳のポールには大きすぎて、ずり落ちそうだ。

「さあ、いくぞ。もうアテはある」

ローベルは笑顔のまま、一行を引き連れ、森の中へと入っていった。

だが、普段は抜かないサーベルを、既に抜刀しており、万が一の襲撃に備えている。

一見、飄々《ひょうひょう》としたローベルだが、警戒を怠っていない。

その事実が人外の領域に足を踏み入れたことを強く感じさせる。

ルシウスも剣の柄《つか》に手をかける。

抜きはしないが、いつでも抜刀できる様に、慎重に辺りを警戒しながら続いた。

入ってすぐの森は、林のように腰の高さ程の雑草が茂っていたが、10分も歩き、巨大な樹《き》が増えてくると、地面は枯れ葉だけとなった。

植生として古い森まで到達したのだろう。空を巨木の枝葉が覆い隠し、地表まで太陽が差し込まない。そのため雑草が生えないのだ。

薄暗いが見通しはいい森を進むと、前方から誰かが、こちらを見ていることに気がついた。

3人ほどだろうか。

既にルシウス達の存在に気が付いており、今にも襲いかかってきそうな程、気が立っている。

「ゴブリン」

小さな声でルシウスがつぶやいた。

ローベルへ視線を送ると、父は黙ってうなずいた。

――やれ、ってことかな
ルシウスは剣を鞘《さや》から静かに引き抜いた。

「だ、大丈夫でしょうか⁉」

オリビアの護衛がうろたえる。

「問題ない」

自信ありげにローベルが答えた。

話は決まったと、ルシウスは静かに3体のゴブリンへと近づいていく。

音もなく間合いまで詰め寄ると、1体を斬り伏せた。

「ギィ‼」

初手で出遅れた残り2体のゴブリンが、手に持ったサビだらけの斧《おの》で斬りかかる。

ルシウスは斧の攻撃を素早く回避すると、得物のリーチ差を活《い》かして、振りかぶった1体の喉へ剣先を沈めた。

すぐに剣を引き抜き、最後の1体のゴブリンを胸元から斬り上げる。

3体のゴブリンは、一瞬で物言わぬ塊となった。

「な、何、あれ⁉」

「ありえんッ！　まだ子供だぞ⁉」

オリビアとその護衛から驚嘆の声が上がる。

「ん？　ルシウスはいつも、あんなだけど？」

「こら、ポール。貴族様には敬語を使うんだ」

双子は、さも当然だという表情だ。

ルシウスが剣についた血糊《ちのり》を布で拭き取りながら、戻ってきた。

「ルシウス、初手の無防備なタイミングなら、2体は倒せ。1体だけってのはまずい。ゴブリンは逃げられると仲間を呼ぶからな」

「分かってるよ。やっぱり腕が足りないか」

「だが、その後の動きは良かったぞ」

ローベルがルシウスの頭をガシガシと撫《な》でる。

「……うん」

ルシウスは訓練の過程で、街道に出た魔物の討伐に、何度も参加している。

既に実戦は経験済みであり、弱い魔物と対峙《たいじ》することに気負いはない。

「わ、私にだってできるわよ！」

オリビアが負けじと虚勢を張った。

「君は将来、王様を目指すんでしょ？　シルバーハート領を管理するとかならともかく、政治の中枢にいる人間が直接魔物を退治する必要はないと思うよ？」

ルシウスが魔物を退治する力を蓄えるのは、父の後を継ぐためだ。

国内でも有数の魔物生息地であるシルバーウッドの森に隣接する領で、魔物と戦う力がなければ立派な領主とは言えない。

父と同じく領民を守るための力が必要だったから訓練しているにすぎないのだ。

「それでもよッ」

「話は終《しま》いだ。ここは魔物の領域、静かに進むぞ」

オリビアがキッとルシウスを睨んで、前へ進み始めた。

――すごい嫌われたみたいだけど、なんでだろう
3歳の頃に【鑑定の儀】で会っただけの少女。

しかもその時は直接話もしていない。嫌われる理由に全く心当たりがない。昨日の銀珀《ぎんはく》を突き返されたのもよくわからない。婚約の有無はともかくとして、オリビアが急に機嫌

を悪くしたように思う。

釈然としないまま父に続き、森を進んで行く。

「さて、そろそろだな」

前を歩いていたローベルが、皆に手で合図を送る。森の奥は木々が少なく、草原となっていた。

「草原なんて、このシルバーウッドの森にあったんだね」

「こういう場所が所々ある」

ローベルは森の切れ端から草原を注意深く観察する。

「お！　いるな」

声を上げるやいなや、双子の弟ポールの手をひいた。

「さて、ポール、お前が契約する魔物はアレでどうだ？」

ローベルが指差した先には、小さな雲が浮いている。

だが、どうもおかしい。

遠近感が混線したかのように感じる。雲にしては小さすぎる上に、地面に近すぎるのだ。

「ローベル様、アレはなんですか？」

「クラウドシープだな」

――羊？

よく見ると雲のように見えていた白いものが、毛の塊のようにも見える。

所々、小さな手足と頭が羊毛の中に埋もれていた。

空中を漂う羊の群れが雲のように見えていたのだ。

その姿にはゴブリンのような醜悪さは感じない。

「……確かに羊の魔物だ」

「ポールの希望は怖くない魔物だろ。クラウドシープは見た目があれだから一定層に人気がある。それに、術式もいいしな」

「……あれなら怖くないかも」

「決まりだな」

ローベルはすぐさま左手からヒッポグリフを喚《よ》ぶ。

怖がるポールを半ば無理やりヒッポグリフに乗せると、ローベルもまたがった。

「クラウドシープは臆病でな。普通に近づくと空へ逃げる。先にフォトンで飛んで近づくぞ」

「ロ、ローベル様、飛ぶんですか⁉」

ポールは今にも泣き出しそうだ。

「ちゃんと摑《つか》まってれば大丈夫だ。近づいたら【騎獣の義手】でクラウドシープに触れるだけだ。簡単だろ?」

「が、がんばります」

ヒッポグリフが翼の下に気流を作り出すと、僅か1回の羽ばたきで空へと舞い上がった。

途中ポールの叫び声が聞こえてきたが、ローベルが一緒なら大丈夫だろう。

ルシウスはローベルを見送ると、当たり前のように鞘から剣を抜いた。

「なぜ剣を抜く?」

不穏を感じとったオリビアの護衛が、オリビアを背に隠す。

「ここは魔物の森です。父が居ないのであれば、魔物が出てきた時は自分が対処する必要がありますから。あ、でも、まだ未熟なので、あなたもいつでも戦えるようにしてもらっていいですか?」

護衛騎士は苦々しそうに頷《うなず》く。

まさか子供に警戒の心構えを説かれるとは思っていなかったようだ。

「……わかった」

護衛も静かに剣を抜く。

再び視線をポールたちに向けると、ヒッポグリフは既にクラウドシープの群れへと入っていた。

牧羊犬が羊の群れに入ったときのように、クラウドシープ達が逃げ回っている。

泣き叫んでいるポールの左腕を、無理やり父ローベルが摑んでいた。

逃げ回るクラウドシープへ接近した時【騎獣の義手】で、触れさせているようだ。
4、5匹ほどに触れさせたときだろうか、【騎獣の義手】と魔物の間に何かが起きたように感じた。
次の瞬間、クラウドシープが粒子のように空へと溶けると、ポールの手へと吸い込まれていったのだ。

ローベルは空で旋回すると、ルシウス達が居る方へヒッポグリフの頭を向ける。

すぐさま空を翔《かけ》って戻ってきたヒッポグリフが、羽をばたつかせながら地面へと降り立った。

ローベルが先にポールを降ろし、自らも騎獣から飛び降りる。

「ポールとクラウドシープの契約は終わったな」

「父さん、何匹か触れさせてたけど、何してたの？」

「あれはな、ポールと相性のいい個体を探してたんだよ。人と同じで魔物にも個性があるからな、合う、合わんがどうしても出る」

「合わないと魔物を式にできないの？」

「そうだ。契約はあくまで対等だからな。こっちが良くても相手が承諾しないと成立しない」

「そうかあ。僕と相性がいいヒッポグリフがいるといいんだけどな」

「それぱっかりは運だからな。式の契約に、数ヶ月かかることもある位だ」

「そんなに⁉」

「そうだ。だから言ったろ。小麦の収穫が終わってから契約だって」

「確かに……」

「よし、次はキール。５級の魔物だな。いくぞ」

ローベルがヒッポグリフを左腕へ戻すと、再び一行は森の中を進み始めた。

その後、森を歩き始めて2時間は経った頃だろうか。

昼に差し掛かった時にローベルが囁《ささや》いた。

「居たぞ」

「領主様。アレですか？」

キールが指を差す。

巨大な樹《き》の上に何か黒い鳥のようなものが止まっている。

「そうだ。ペリュトンという魔物だな」

「……聞いたことありません」

「あんまり有名じゃないからな。だが、脚は1級品だぞ」

「なら、ペリュトンでお願いします」

頭を下げたキールの左腕には、もう既に【騎獣の義手】がはめられていた。

ずり落ちそうな籠手《こて》を押さえている。

「だが、おかしいな。ペリュトンは5級の魔物だ。普段ならもう少し森の奥にいるんだがな」

ローベルは不可解そうにしながら、先ほどと同じように静かにヒッポグリフを左手から喚ぶ。

キールは言われるがままに、ヒッポグリフにまたがった。

先程と同じ様に、ヒッポグリフはすぐさま大空に舞い上がる。

おそらくクラウドシープと同じ様に近くまで行って触れさせるのだろう。

ローベル達は、ペリュトンが止まる大樹の高さまで上がるが、先程とは違い急接近はしない。静かに、ゆっくりと飛んでいる。

――ん？　近づかないのか？

少しずつ間を詰めているようだ。

ヒッポグリフの接近に気がついたのか、ペリュトンが黒い翼を広げて飛び立った。

飛び立つとすぐに重力に従って、急降下していく。落ちているという方が適切かもしれない。

ヒッポグリフも先程の緩やかな動きが嘘《うそ》のように負けじと急降下し始めた。

翼を広げたペリュトンとヒッポグリフが地面に向かって一直線に落下している。

木の下に居たルシウス達にもペリュトンの姿をはっきりと捉えられた。

真っ黒な牡鹿《おじか》のような体軀《たいく》に翼を持つ魔物だ。

ヘラジカのような立派な角も付いている。

「ぶつかるッ！」

地面まであと僅かとなった時、ヒッポグリフは風をまとい急ブレーキを掛けた。

だが、ペリュトンは一切速度を緩めない。

そのまま地面へと直進する。

地面へめり込んだと思われたペリュトンは、自らの影へと吸い込まれるかのように、スッと消えていった。

「クソッ、失敗したか」

ルシウスの近くでローベルが悔しがる。

「……消えた？」

「ああ、ペリュトンはな、自分の影に潜って、遠くへ逃げるんだ。逃げ足はピカイチでな」

ルシウスは同意する。

「確かに、速さという意味ではいい魔物だね」

「領主様。僕はアレを絶対に式にしたいです」

普段、あまり自分の意見を言わないキールが珍しく目を輝かせる。

「ああ、任せておけ！　領にペリュトンを騎獣にできる者がいたら、俺も助かる」

「はい！」

ローベルの言葉にルシウスは、ハッとする。

――そうか。父さんが引率してるのは領の為《ため》でもあるんだ
父ローベルが村の子供に式を与えるのは親切心ばかりではない。

式の力は多種多様だ。

1人がすべての力を持たなくとも、村人や仲間が担《にな》ってくれればいい。

あの影に潜って素早く移動する魔物を式にできれば、何かあったときの伝達にはもって

こいだろう。

少なくとも以前の【鑑定の儀】の帰り道。キールがあの魔物を式にしていれば、1人村に帰って加勢を求めることも出来たはずだ。

先程のクラウドシープが何の役に立つのかはわからないが、何らかの意図があるのだろう。

1人納得するルシウスを他所《よそ》に、ローベルが次の場所を目指し始めた。

「さて行くぞ。ペリュトンはこの森の由来になっている銀樹に止まっていることが多い。この辺りの銀樹を探すぞ」

それからしばらく森を歩き回り、何度も銀樹を探しまわった。

途中、魔物にも遭遇したが、ルシウスの出番はあまりなくローベルと護衛騎士があっけなく仕留めていく。

そして、ペリュトンを見つける度、同じような事を繰り返すことになった。

2匹目、3匹目は同じように接近を気づかれ触れる前に逃げられてしまった。

4匹目、初めて触れることが出来たが契約を拒まれ、逃げられる。

5匹目は触れられず、6匹目は触れることはできたがやはり契約には至らなかった。

そして7匹目のペリュトンへ背後から、ヒッポグリフにまたがり近づくローベルとキール。

かなり近くまで来たときにペリュトンが背後から忍び寄る存在に気が付き、急降下を始めた。

ヒッポグリフも同時に垂直降下する。

ヒッポグリフとペリュトンの距離が次第に近くなるが、すでに地面が近すぎる。

ローベルの顔にも諦めが宿った時、キールが伸ばした腕がペリュトンの羽をかすめた。

それに気がついたローベルは、ブレーキを掛けるべきタイミングでも緩めない。

ローベルとルシウスの視線が合う。

「皆、逃げて！」

着地地点近くに居たルシウスが叫ぶ。

声を聞いた護衛騎士と、逃げることに慣れているポールが素早く動いた。

ひと足先に逃れた護衛騎士が、手を差し出す。

「姫様、こちらへッ！」

だが、咄嗟《とっさ》のことで、オリビアは状況を理解できていない様子だ。

ルシウスは、１人残されたオリビアを片手で抱きかかえ、走った。

「ちょっとッ！　な、何するのよ！」

オリビアが抱えられながらも暴れる。

ルシウスはそれを無視して、着地地点から一刻も早く離れなくては、と急ぐ。

地表にいた皆が散らばった直後、2体の獣が地面へと飛び込んだ。

先程までルシウスたちが立って居た辺りに、何かが爆発したかのような風が吹き荒れる。

驚いたオリビアが悲鳴に近い声を上げた。

「何⁉　何が起きたの⁉」

舞い上がった土煙が次第に薄くなると、2体の獣が地面にいた。

ヒッポグリフとペリュトンだ。

キールは文字通りヒッポグリフにしがみついており、肩で息をしている。

髪がぐしゃぐしゃで、瞳孔が完全に開ききっている。

——死ぬほど怖かったろうな
「いやぁ、危なかった。フォトンが風のクッションを作ってなかったら割れたトマトになってたぜ」

快活に笑いながらヒッポグリフの喉を撫《な》でるローベル。

「でも、契約はうまくいったな。キール、根性見せたじゃねえか。それに、いつもより浅い層に居てくれて助かった」

ローベルがキールを地面に降ろすが、立てないのか、そのまま地に腰を落とした。

へたり込んだキールに対して、契約したばかりのペリュトンが鼻先を顔に当てる。

「はへ」と抜けた声を上げたキールの左手にペリュトンが吸い込まれていった。

満足そうにローベルが1人うなずいた。

「さて、今日はそろそろ切り上げるか」

日は傾いており、陽の光は赤みがかっている。

確かに、これ以上、深入りしては日があるうちに帰れないだろう。

「ちょっと、待って下さい。グリフォンを探すんじゃないんですか？」

一日中、文句も言わずに付いてきたオリビアが堪《たま》らず抗議の声を上げた。

「いや、今日中にグリフォンがいるほど深い場所まで行くのは無理だ」

「では、なぜ連れてきたのですかッ？」

ローベルの顔から笑顔が消える。

「実際に契約を見てもらうためだ。魔物は階級が高くなればなるほど、膨大な魔力を持ち、危険になる。見たから分かると思うが、契約のためには、直接グリフォンに触れる必要がある。言っとくが、さっきみたいに連れてって、触れるだけってのは無理だぞ」

「……覚悟の上です」

「王ってのは、子供にそこまでさせる程のものなのかね」

オリビアが真剣な表情を浮かべる。

先程までの年相応の無鉄砲さではなく、貴族の顔となっている。

「ローベル・ノリス・ドラグオン男爵。あなたもノリスを冠する貴族なら分かるはずです。北部からは、しばらく王を輩出できていない、この意味を」

「そりゃあまあ、中央での力はどんどん弱くなるわな」

政治力とは派閥の力である。

王は居るが、この国は絶対王政ではない。それでも王を立てることができた一族の政治力は強くなる。

だが、しばらく王を輩出できていない北部の発言力は相当弱っているのだろう。

いや、もしかしたら既に無いのかもしれない。

教科書には決して載らない政治のパワーバランスは、どうしてもわかりかねるものである。

「であれば、協力していただきたいです、ドラグオン卿《きょう》。私は北部にあるすべての貴族達の命運を背負い王座に挑みます。それが、ノリス・ウィンザーに生まれたものの責務です」

オリビアとローベルの視線が一直線に交わる。

ローベルは頭を掻《か》いた。

「ったく、一丁前な面しやがって。嬢ちゃんの父上シュトラウス卿から預かった書状では、諦めさせろって言われてんだがなぁ」

「……お父様が？　なぜ？　家の為になることなのに」

「我が子に死ぬようなことをさせて、良しとする親なんていないだろ。その上、ルシウスにグリフォンと契約させろとまで書いてあった。あのオヤジは人の息子を何だと思ってんだ。殺す気かっての。もっとおとなしい1級の魔物も居るだろうがッ」

ルシウスにはシュトラウス卿の意図が今なら分かる。

先程のローベルと同じである。

領民に有益な式をもたせれば、それは領全体の力になる。

指導者がすべてを他人に依存することは論外であるが、全てを指導者だけで行う必要はないのだ。

シュトラウス卿は武力については娘ではなく、配下の貴族であるルシウスに担わせようと画策していたのだろう。

「お、お父様は私では……なく……ルシウスに……？」

「まあ、親の心なんとやらってやつだな」

護衛騎士も気まずそうに顔をそらす。

当然、シュトラウス卿から密命を受けているだろう。

オリビアが目をうるませながら、ルシウスへ詰め寄った。

「何で⁉　何で、いつもアンタなの⁉　こんなに努力しているのに……お父様もお母様も他の貴族たちもルシウス、ルシウス、ルシウスって。四重唱がそんなに偉いの⁉　1級の魔核がそんなにすごいの⁉」

「あ、えっ？　いや……」

返事に窮する。

「……アンタなんかに負けない。絶対！　絶対にグリフォンと契約して見せるわ！」

ルシウスは何が何やら、全くわからない。

「まあ、お嬢ちゃん、落ち着け。グリフォンが棲《す》む森に一番近い俺の領までわざわざ足を運んできたその行動力は認める。シュトラウス卿も思いの強さを認めたからこそ、まだここに居れるんだろ？」

「ならばッ！」

「とりあえず一晩考えて――」

激昂《げきこう》するオリビアをローベルがなだめようとし時、辺りに臭気が立ち込めた。

ローベルが咄嗟に辺りを見回す。

気がつくと薄紫色の薄霧に覆われていた。

視界自体はそれほど悪くはない。

それでも、つい先程まで何の変哲もない森だったのが不思議なくらいだ。

「あまり深く息を吸うな。おそらく毒だ」

ローベルが口を手で押さえながら、ヒッポグリフのフォトンを喚《よ》ぶ。

「ぐうぉッ」

突如、男の叫び声が響く。

振り向くと護衛騎士が顔を歪《ゆが》ませ、肩を押さえていた。

「大丈夫ですか⁉」

ルシウスは護衛騎士の所まで駆け付ける。

「肩に！　何かがッ！」

視線を肩へ向けると、大きな針のようなものが男に刺さっている。

ルシウスが針を抜こうとしたとき、ローベルが制止した。

「毒があるかもしれん、不用意にさわるな」

護衛騎士が深く突き刺さった針を手でにぎる。

「心配無用だ。ぐぐッおっ‼」

自らの手で針を引き抜き、地面へと放り投げた。

肩が血に染まる。

「早く止血を！」

手当をしようとするルシウスを今度は護衛騎士が制止した。

「それよりも今は周りを」

護衛騎士の緊迫した様子に、ルシウスは剣を構えた。

すると、どこかからシューという気体が抜けるような音がする。

周りを見回すが樹木しか見えない。

——どこだ⁉

上から数枚の木の葉が落ちてくる。

その時、ローベルが叫んだ。

「上だッ‼」

見上げると、巨大な蛇が大口を開けてルシウスに迫っていた。

——まずいッ

ルシウスはとっさに魔力を剣にこめる。

剣の光が、瞬時に強くなり、閃光《せんこう》が辺りを覆った。

燦々《さんさん》たる輝きが、寸秒、全ての影を消し去る。

閃光が消えると同時に、光に肌を灼《や》かれた大蛇が木から落ちた。

巨岩でも落ちたのではないかと思う程の鈍い音が、森に響き渡る。

大人よりも太い胴体に、針の付いた甲羅がある。

全身は毛針に覆われており、遠くから見れば蛇というより、毛の生えた長いカタツムリに見えるだろう。

「ペルーダだとッ⁉　何故《なぜ》こんな浅層に⁉」

続けて、ローベルが護衛騎士に向かって、叫ぶ。

「今すぐ子供たちと逃げろッ！　２級の中でも特に危険な魔物だッ！」

――２級だって⁉

ルシウスが落下したペルーダから距離を置こうとしたとき、視界に何かがよぎる。

すぐに剣を構えたが、体がバラバラになったのではないかというほどの凄《すさ》まじい衝撃を受けた。

「グぶッ」

気を失いそうになりながらも慌てて状況を確認すると、森が激しく動いている。
いや、森ではない自分が動いているのだ。
強い衝撃により、体ごと弾《はじ》き飛ばされた事に気が付くのが遅れた。
慌てて元いたところを見ると、緑色の塊が見える。
針のある巨大な甲羅を持ち、濃い緑色の毛針に覆われた大蛇。
尾をしきりに振り回している。
――尾で叩《たた》かれたのか
「イヤァァアアッ！」
少女の悲鳴が続いた。
オリビアや双子を、その長い体で囲っており、逃げ場を失わせている。
地面を転げながらも何とか体を起こし、素早く立ち上がる。
ルシウスは体勢を整えると、オリビア達の方へと駆け出した。
「ルシウス、行くな！　逃げろッ！」
ペルーダを挟んで反対側に居るローベルが大声を上げた。
ペルーダと呼ばれた大蛇の魔物が、首をくねらせる。
その視線の先には、オリビア達。

——このままじゃ、食べられるッ

ルシウスは足を緩めない。

邪魔者の接近に気がついたのか、ペルーダがルシウスに向かって劈《つんざ》くような金切り声をあげる。

威嚇行為だ。

——怖い

一瞬、足が竦《すく》む。

式も持たず、上級の魔物と対峙《たいじ》する。見る人が見れば、ただの無謀である。

——いや、駄目だ

ルシウスは首を振る。

領民の子供を置いて逃げるなど、有るべき男爵の姿には程遠い。

ルシウスは汗で滑りそうになる剣を握り直すと、再び駆け出し、大人の太さほどあるペルーダの胴体に斬りかかった。

全体重を乗せ、さらに助走まで加えた斬撃。

これ以上無いほどの渾身《こんしん》の一撃。

ズスッという乾いた音が聞こえる。

剣先を見るとペルーダの毛針に埋まったところで剣が止まっていた。

「ははっ……マジかよ」

ルシウスの最高の一撃は、肉に届くことすらしなかった。

声を漏らした時、ペルーダの毛針が逆立つ。

剣を素早く引くと、全力で大蛇の胴を飛び越えた。

直後、数十本もの毒針が放たれる。

ショットガンさながらに放たれた毒針は、周囲の木々を貫通して、森の奥へと吸い込まれていった。

もし後ろへと逃げていたらルシウスは蜂の巣になっていただろう。

「それ、もう毒の意味ないだろッ」

一難去って、また一難。

ルシウスは大蛇のとぐろの中に飛び込んだことになる。

正面には大蛇の口。

背面には山のような甲羅。

左右には毒針に覆われた胴体。

幸か不幸か、大蛇に囲われていたオリビアたちとは合流できた。

だが、何一つ好転はしていない。

ペルーダが満面の笑みを浮かべているかのように首を鎌のように揺らしながら声をあげる。

恐怖に染まった双子がしきりにルシウスへすがるような視線を送ってくる。

オリビアは青ざめており、毒で動きが悪い護衛騎士が必死に剣を構えていた。

「……立派な男爵になるんだッ！」

自らを鼓舞するように思いを口にする。

剣に光が宿る。

だが、先程のように周囲を強く照らす光ではない。

極限まで集光させ、線を成す。

その線を、刀身に沿って循環させる。刀身の縁だけに光の線が灯《とも》っているような姿。

技の名は無い。全方位へ放つ光を、ただただ細く凝縮するだけの技。

この技はほとんど使ったことがない。

斬撃を強化するが、燃費が悪すぎるのだ。

辺り一帯を覆うほどの光を込めて、維持する。

魔力を垂れ流しながら戦うことに等しい。

それでもルシウスは今できる最高の一撃を込める。

――これで全力だッ！

近くにあるペルーダの胴へと斬りかかった。

ほとんど音もなく、刃は肉へと到達する。

だが、半分ほど切れた所で剣が止まった。骨を断つには力が足りなかったようだ。

それでも、胴を傷つけられた大蛇が暴れ始める。

護衛騎士が驚愕《きょうがく》する。

「な、なんて子供だ……。信じられん」

双子も安堵《あんど》の表情をルシウスへ向ける。

「ル、ルシウスぅ。食べられると思ったぁ」

「さすが、ルシウスだ」

確かに傷は付けたが、ペルーダはまだ生きている。安心できるような状況ではない。

「話は後！　この間に逃げて！　早くッ！」

ルシウスの叫びに呼応するように、護衛騎士の左手が光る。

すぐに灰色の牛が出てきた。

体中が毛で覆われており、異様なほど大きな角を支えきれないのか、牛の首はダラリと地面へと垂れ下がっている。
「乗れッ！」
顔色の悪い護衛騎士が、オリビアを無理やり乗せる。
双子も異形の魔物の背へ上り、またがる。
キールもポールもまだ契約したばかりで自分の式に騎乗できない。
その時、怒りを宿したペルーダが首を揺らしながら、ルシウスたちを睨《にら》みつけた。
「先に行ってッ！　ここは抑える！」
剣を構える。
護衛騎士は、ルシウスの言葉通りに牛にまたがり、走り始めた。
判断が速い。
護衛騎士にとって、優先すべきはオリビアの命なのだろう。
ルシウスが再び残り少ない魔力を剣にこめると、頭上からヒッポグリフが舞い降りた。
ローベルだ。
有無を言わさずルシウスを抱えると、ヒッポグリフへと担《かつ》ぎ上げた。
すぐに上空へと舞い上がる。
「……あんまり心配させるな」

上昇しながらも、ローベルは有無を言わさぬ雰囲気でルシウスを咎《とが》めた。

「ごめん」

上空へと逃げたルシウスを恨めしそうに睨む、ペルーダが体を揺すり始める。

全身の毛針が立ち、一斉に放たれる。

地表から毒針の矢が、次々と空を飛ぶルシウスたちへ襲いかかった。

「フォトン、アレやるぞ」

ローベルとヒッポグリフはお互いの全力を振り絞るように、巨大な風を放つ。

ぶつかりあった風と風は反発し合い、混ざり合い、次第に螺旋《らせん》を描いた。

──竜巻だ
風が周囲を巻き込み、雲へと一筋の線を作り出した。

大きくはないが、確かにそれは竜巻である。

ペルーダが放った毒針も、ペルーダもすべてを呑《の》み込んだまま、竜巻が辺りの木々を巻き込みながら吹き荒れる。

「た、倒した？」

しかし、ローベルは苦虫を噛《か》み潰したような表情のままだ。

「……いや、おそらく足止め程度にしかなっていない。さっきのルシウスの一撃もだ」

「え？」

魔物の回復力は人のそれを、遥《はる》かに凌《しの》ぐと聞いたことがある。

骨へ到達するほどの傷でも、上位の魔物にとっては足止め程度なのだろうかと困惑する。

「逃げるぞッ」

ペルーダと反対方向へ向きを切り替え、翔《かけ》らせたとき、周囲に雄叫《おたけ》びが鳴り響いた。

ペルーダの猛《たけ》りだ。

蛇とは思えぬ怒号に、思わず冷たいものが胃に流れる。

村の方へと、しばらく飛行していると、地表を走る牛を見つけた。

ローベルは高度を下げ、息を切らしながら駆ける牛に並んだ。

「大丈夫かッ？」

「ええ……、問題……ありません」

護衛騎士は血が全て流れ落ちたのではと思うほど、真っ青になりながら騎獣を駆っていた。

「毒でキツイと思うが、後少しだッ！　今、足を止めれば皆、喰《く》われるぞッ！」

「はい……」

護衛騎士は朦朧《もうろう》としながら、無我夢中で牛に似た式を走らせている。そして、護衛騎士の背後に乗った子供達の顔は恐怖にひきつっていた。

ペルーダ自身に襲われる可能性もあるが、ルシウスの放った魔力も危ない。

魔物は魔力を多く持つ人間に吸い寄せられる性質がある。

あれだけの魔力を、全力で放ったのだ。周辺の魔物が一斉に集まってくるかもしれない。

すでに式を探すどころの話ではなくなっていた。

皆、一心不乱に森の外を目指す。

しばらく一心不乱に走り、村へ到着したときには、既に辺りは夕日に染まっていた。

着くと同時に倒れた護衛騎士を、急いで村の医者へ運び、一命は取り留めたものの、しばらく安静にとのことだ。

疲れきった顔で、屋敷《やしき》に戻ったローベルが、ルシウスとオリビアへ真顔で告げる。

「しばらく式探しは中止だ。森への立ち入りを禁じる。どうも様子がおかしい」

一言だけ告げ、ローベルは領民たちとの話し合いへ、消えていった。


オリビアは、四大貴族の長女として、生まれた。

誇り高く思慮深い父と、厳しくも情け深い母のもと、すくすくと育った。

人より早く歩き始め、人より早く言葉を覚えた。

そして、人より少し早く、物心が芽生えた。

すぐに才媛としてもてはやされ、本人も周囲からの期待に応えられる様に、振る舞った。

痛みを伴う【増魔の錬】にも耐えた。

父も母も兄も無理をしなくていいと言ったが、魔力が増えると褒めてくれた。

それが堪《たま》らなく嬉《うれ》しかった。

だが、３歳を境に一変した。

ルシウスが現れたのだ。

【鑑定の儀】で、初めて会っただけの少年に対して、父は今まで自分と兄にしか向けたことがない期待の視線を送っていた。

――嫌い
直感的にそう感じた。

家宝であった魔骸石を砕いた少年だと、父と母は嬉しそうに教えてくれた。

人を蘇生《そせい》させる神秘の石などと世間では有難《ありがた》がられるが、いざ使おうと思っても滅多に発動しない。

石自ら人を選ぶ、などと嘯《うそぶ》かれるが、使いたいときに使えない道具など、置物程度の価値しかないと両親は言っていた。

更に、もともと国内でも有数の危険地帯であるシルバーウッドを管理するドラグオン家に対しても信任があった。領民を思いやるがゆえに、慢性的な財政難であるドラグオン家の負担を減らすため、魔骸石に対する補償の名目で、シルバーウッドの管理を預かったほどだ。

その息子が史上初の4つの魔核持ちで、その内1つは既に1級に達していた。

第1級の魔力量など、騎士団の師団長クラスである。

否《いや》が応《おう》でも両親の期待は高まった。

そして、【鑑定の儀】以降、誰もオリビアの魔力量に言及しなくなった。

父も母も兄も家臣たちも。

北部の貴族はもとより、他の地域の貴族たちとの会話でも、ルシウスの名が上がる。

オリビアの名は、自己紹介の時程度しか、誰も口にしない。

――悔しい
心から思った。

だから【増魔の錬】を続けた。

そして、今より2年前、オリビアが8歳の時だった。

東部の紛争へ出兵していた兄が戦死したという知らせが届いた。

王位継承権を持つはずの男が、北部を統《す》べる大貴族の跡取りが、いつもオリビアの成長を喜んでくれた兄が、一兵卒の様に敵に討たれたのだ。

変わり果てた兄の遺体を、父が抱きしめながら咽《むせ》び泣いていた。

初めて父が涙を流している姿を見た。

兄の死は、どうしようもなく悲しかった。

同時に、両親の打ちひしがれる姿に、とても胸が締め付けられた。

後から分かったことだが、兄は特に危険な前線へ、一介の将校として送り込まれたようだ。

聞けば、長らく王を輩出していないノリス・ウィンザー家は、既に政治の中枢から外されており、四大貴族の跡取りである兄ですら、決して丁寧には扱われていなかったらしい。

いや、兄だけではない。

北部の貴族達や魔力を宿した領民の多くが、そのような扱いを受けていた。

子を失った貴族や領民は多く居たのだ。

それでも国のため、武功をあげるため、子らに複数の魔核を宿す【授魔の儀】を試みる貴族も陰では多く居るという。

他の地域の貴族が、北部の貴族たちを何と呼んでいるか。

『子返しの蛮北』だ。

貴族の間でも禁忌とされる複数魔核を宿らせようとする家が後を絶たない為《ため》、野蛮な奴《やつ》ら、だと。

幼いオリビアはそれを耳にして憤《いきどお》った。

——そうさせたのは誰よ
更に火に油を注いだのはルシウスだった。

4つの魔核を宿らせることに成功した為、事あるごとに他の地域の貴族が言うのだ。

『次の4つの魔核持ちは、いつできるのか？　いつ戦いに出せるのか？』と。

ただでさえ国から冷遇される北部の貴族たちは、功を焦《あせ》り、他の貴族たちに後れを取るまいと、複数の魔核を宿らせようとした家が、いくつも出たのだ。

結果、毎年行われる【鑑定の儀】の参加人数が如実《にょじつ》に減った。

悪い年では3人ほどしか参加しない年もあったほどだ。

裏では、複数の魔核を持たせようとする北部の人間を嘲ってておきながら、リスクだけは積極的に負わせようとする。

政治的発言力を失いつつある北部の現状を端的に表していた。

兄が死んで以来、すっかり覇気が剝がれ落ちた父が、更に老《ふ》け込んだ。

貴族の数が減り、管理できる者が少なくなれば、土地は荒れる。土地が荒れれば領民が去り、領民が去れば更に土地が荒れる。

今ではない。

それはオリビアの子の世代、孫の世代になるだろう。

だが、１００年先まで考えられないようでは為政者ではないのだ。

北部は風前の灯火《ともしび》となった。

そのきっかけを作ったルシウスが更に許せなくなった。

――絶対に許さない
対抗心を燃やし、これまで以上に勉学に励み、【増魔の錬】も続けた。

そんなある日、１冊の本と出合った。

どこの貴族の家にもある国内法が羅列してある法典だが、とある1文に釘付《くぎづ》けとなった。

アヴァロティス国法
第1条　第4項　2号――

曰《いわ》く「前号に定める王位継承権がある者は、この性別を問わない」

オリビアは自分にも王位継承権があることを知った。

調べれば女性が王になったケースは珍しくはない。

だが、父や母がそれを知らせなかった理由も明白だった。

王座を巡る争いは苛烈を極める。死人が出ることも珍しくはないと聞く。

兄を亡《な》くした両親は一人娘となったオリビアを、それから遠ざけたのだ。

そう、既に両親は一族から王を輩出することを諦めていた。

現王の在位は長く、既に30年以上、政権が続いている。

父は王の器が有りながら、機会に恵まれなかった。

王が頻繁に代わることを良しとしないこの国では、慣例的に王位へ挑む為に、年齢も重視される。

現王が崩御したとき、父が王へ推挙されることはないだろう。父自身がそれを一番よく理解していた。

このままでは近い将来、四大貴族は三大貴族になるだろう。

そうなれば今の寄子の貴族たちはどうなる。もはや貴族とは名目だけの存在となり、他の貴族たちに貪り食われるだけの存在に成り果てる。

そして数多《あまた》の領民達の将来も推して知るべし。

――私が王にならなければ

死んだ兄の無念を、
人が変わってしまった両親を、
我が子を死線へ送る北部の貴族たちを、
儀式に耐えきれず死んでいくであろう将来の子供たちを、
そして北部に生きるすべての領民を、
私が救わなくては、と。
だが、王に至る道は険しい。
金、権力、縁、運、機智《きち》、謀略、人望、いくらあっても足りない。
それでも、貴族にとって意味のある力、式はまだ選べる。
王の獣グリフォン。
強力な式を持つことは交渉力も存在力もあげる。
ただの小娘でもグリフォンを従えていれば、交渉もやすやす見下されることはない。
いざというときに力で屈服させられるというのは、相手を強気にさせるが、グリフォンがいればいくらでも対応できる。
皆、式というわかりやすい力を持っているがゆえに、優劣が可視化されやすいのだ。
オリビアの差し当たっての目標は、グリフォンとなった。

式を持てる年齢となった時、州都バロンディア近辺の魔物生息地ではなく、遠く離れたシルバーハート領へ行くと言って、引き止める両親を振り切り、半ば家出に近い状態で飛び出した。

グリフォンが生息する森に最も近い領であり、あのルシウスがいる場所でもある。

式の記録と研究を担《にな》う一族オルレアンス家の前当主に同行することとなったのも、幸運だった。

王命により、前当主自らが、わざわざルシウスのもとへ足を運ぶという話は面白くはなかったが、それでも同行させてもらうことで、懸案だった移動の足も確保できた。

そして、憎き、幼い頃から気になって仕方なかったルシウスとの久しぶりの対面。

ドラグオン家へ着くと、早々にルシウスへ何か一言、言ってやらなくては気がすまなかった。

「ルシウス・ノリス・ドラグオン！　アンタには負けないからッ！」

だが、当の本人はオリビアのことなど忘れていた。

──やっぱり許せない
次の日の鑑定。

痛みに耐え、死にもの狂いで【増魔の錬】を行ってきた甲斐《かい》もあり、２級まで魔力量は増えていた。目標に着実に近づいているようで嬉しかった。

だが、ルシウスは更に上を行った。

4つの魔核すべてが1級だったのだ。

急に惨《みじ》めになった。

何が王になる、だ。

何が皆を救う、だ。

簡単にライバルに負ける程度の努力しか出来ない者が王などに成れるものかと、誰かに笑われた気がした。

堪《たま》らず精一杯の負け惜しみが、口を出た。

「フンッ！　私はまだ負けてないわ！　魔力の多さだけが重要じゃないって、お父様も言われていたから！」

その言葉はあっさりと正論で返された。

どこかで期待していた。

もてはやされたルシウスが、堕落しているのではないか、と。

努力を忘れ、貴族としての責務も役割も放棄しているのではないか。

だが、そんなことはなかった。

むしろオリビアが今まで会った、どの子息よりも貴族然としていたのだ。

そして、その日の昼。

ルシウスと2人で出かけることとなった。3歳の頃に会ったことはオリビア自身も覚えていた。あれだけ両親の、いやその場にいた王を含めた全貴族の注目を集めたのだ。忘れる訳がない。

だが、ライバルの貴族の子としてではなく、同い年の少年としてのルシウスは知らない。意外なことに、その才能や期待に反して、気さくで村人からも可愛《かわい》がられていたことがありありと伝わってきた。その姿が本音を言えば、少し魅力的だった。

そのルシウスが、ドラグオン卿《きょう》から譲られた美しい宝石を渡そうとしてくれたのだ。

あの戸惑いようだ。婚約の意図など無いことはわかったが、ライバルとして常に意識し続けてきた少年を1人の同い年の男として認識した瞬間、自分でも理解できない不思議な気持ちに駆られた。

だが、その帰り道、たまたま会った村人の子供が言ったのだ。弱い式と契約して戦いで死んだ、と。

かつて死して帰ってきた兄と、兄の亡骸《なきがら》を抱きしめて涙する父の姿が脳裏に蘇《よみがえ》った。

――そうよ。私は、王にならなくてはいけないの。そのために努力してきたじゃない北部に生きる全ての人を救う器になる。

「私は貴族としての役割を果たすわ。恋や宝石なんかは後でいいの」

オリビアは、心のなかで何度も己を戒めながら早歩きで1人屋敷《やしき》に帰る。一瞬だけよぎった気持ちへ蓋をし、自らを焚《た》き付けてきた対抗心に再び炎を灯《とも》すために。

翌日、逸《はや》る気持ちを抑えながら、シルバーウッドの森に入った。

最初に出遭った魔物は、どこにでも居る第6級の魔物ゴブリン。

見ると聞くでは大違いだ。ただの錆《さ》びた手斧《ちょうな》でも刺されれば人は死ぬ。

死を連想すると、途端に足が震えた。

だが、ルシウスは当然のように襲ってきたゴブリンたちを斬り伏せた。

式も持たずに。

それでも負けたくない一心で虚勢を口にする。

「わ、私にだってできるわよ！」

その言葉も諭されるように返された。

更に途中の魔物との契約を見て、どんどん自信が無くなってきた。

十分な魔力量があれば、契約は問題ないと、どこかで高を括《くく》っていた。

だが、魔物に近づき触れる必要がある。

しかも魔物側も必死なのだ。触れれば確実に契約できるわけでもない。

事実、先に契約に臨んだ村人は何度も触れはしたが、すぐには契約できなかった。

特に自分の階級より上の魔物を降《くだ》す為《ため》には、魔力以外でも、魔物に己を認めさせる何かが必要とも聞いた。

——もしグリフォンに触れて契約を拒まれたら……

グリフォンの爪は鋼鉄を容易に引き裂いた、という。

もし失敗すれば、体が輪切りにされるだろう。


『怖い』


そして、その恐怖と同じくらい苛立《いらだ》ちが募る。

父は頑《かたく》なにグリフォンとの契約を認めなかった。

それにもかかわらず、ルシウスにはグリフォンと契約させろと、書状を送っていたのだ。

ドラグオン卿へ直接交渉しても、取り付く島もなかった。自身が、義と情に厚く、裏表がない性格のため、心の底では他者もそうであると考えているタイプだ。ゆえに人が持つ悪意を軽んじる。

――もう誰も信じられない

そんな時、ペルーダという蛇の魔物に襲われた。

奇襲とはいえ、強かった護衛があっさりと毒牙《どくが》に敗れ、ドラグオン卿が勝てないと撤退を決めた。

――これで2級？　なら1級のグリフォンは……

自身が恐怖に震える中、ルシウスは1人で果敢に戦っていた。

同い年の子供なのに。

――私とルシウスでは何が違うの

その後、逃げるように森から脱出した。

こんなはずではなかった。

グリフォンと契約を終えて、戻るつもりだったのだ。

やっとの思いで逃げ帰ると、ドラグオン男爵が告げた。

「しばらく式探しは中止だ。森への立ち入りを禁じる。どうも様子がおかしい」

――待って

時間がかかりすぎれば、父が迎えを寄越すに違いない。

今、シルバーハート領を離れれば、もうグリフォンと契約する機会は二度と訪れないだろう。
つまり王への道が閉ざされるということだ。
その夜は眠れなかった。
自分こそが凋落《ちょうらく》する北部を救えると思っていた。
だが、現実は森をただ連れ回されるだけの小娘に過ぎなかったのだ。
——このままじゃ駄目
オリビアは一睡もせず、考える。
空が白ばむころ、立ち上がり、着替えを終えた。
静まり返った屋敷を歩き、玄関ホールへと下りる。
玄関近くの戸棚の上に置いてあった【騎獣の義手】を手に取ると、玄関の扉を開けた。
小雨《こさめ》が降っている。
薄水色の髪に雨が降りかかったが、傘もささずに外へと向かった。
——今、諦めたらすべてが終わってしまう
オリビアは1人、シルバーウッドの森へと向かった。

まだ薄暗い夜明け前、ルシウスは目を覚ました。

昨日、上級の魔物と出会ったことにより、神経が昂《たか》ぶっていたのか、遠くで鳴り響いた雷鳴で目が覚めてしまったのだ。

何の気無しに窓から外を見ると、遠くに雨の中、傘もささず歩いている人がいる。

その髪は長く、薄水色。

「オリビア?」

村には同じような髪色の人間はいない。

「あれ? どこに行くんだろう?」

寝ぼけ眼《まなこ》をこすり、目覚めたばかりで頭が回らず、しばらくベッドの上で、呆《ほう》けていた。

だが、時間が経《た》ち、徐々に目が覚めると、先程の光景の異様さに気がつく。

こんなに朝早く、大貴族の令嬢が傘もささずに、1人出歩くなど尋常ではない。

考えると、すぐに答えは分かる。

森に行くに決まっている。

そのためにシルバーハートへ来たのだから。

――父さんに行くなって言われたから、1人で黙って行ったのか!

頭が急に回転し始めたルシウスは、慌てて適当な服へ着替えると、剣を持って部屋を飛び出した。

廊下を走ると、朝の準備をするために起きたマティルダに出くわす。

「ルシウス様。こんな朝早くにどちらへ？」

まだ寝間着姿のマティルダに問われる。

「オリビアが1人で森へ向かったんだ！　早く連れ戻さないと！」

「はへぇ？」

起きたばかりのマティルダには何を言っているのか理解ができなかったようだ。

だが、時間がない。

「ともかく父さんと母さんへ伝えてください！　僕は連れ戻しに行ってきます」

そう言い残すと、ルシウスは小雨降る中、森へと向かって走り出した。

ベッドの上で、寝起きのまま呆けていた時間は10分だろうか、20分だろうか。

なぜあの時、すぐに気が付かなかったのか悔やまれる。もう森に入ってしまったのではないかと、頭によぎる。

昨日、オリビアは帯剣していなかった。

おそらく武器も持たずに魔物が棲《す》む森へ入っていったのだろう。

——自殺行為だ

魔物の中には子供や女を好んで襲うものも少なくない。

女は繁殖の器として、子供はやわらかい肉として。

いずれにせよ、碌《ろく》な死に方はしないことをルシウスは経験上、知っていた。

——急がないとッ
夏とはいえ、まだ夜明け前、雨を浴びれば体は冷える。

震える体を走る熱で温めながら、森の端へと到達したが、道中でオリビアと、すれ違うことはなかった。

森の境界にある、ぬかるみを見ると、まだ出来たばかりの小さな足跡が目に飛び込む。

——間に合わなかった……

落胆で頭をもたげた。

だが、落ち込んでばかりもいられない。

次はどうするべきか。

父ローベルへ助けを求めに、一度家に帰る。

それが最初に浮かんだ案だ。

だが、それは既に侍女マティルダがしてくれているはず。

マティルダの顔が浮かぶと、【鑑定の儀】の帰り道、ゴブリンたちに襲われた様子が頭をよぎった。
ゴブリン達に組み伏せられ恐怖にひきつるマティルダの顔が、オリビアと重なる。
「……時間がない。子供の足だ、それほど奥には入っていないはず」
ルシウスは意を決して森へと足を踏み入れた。
大人たちから絶対に近寄ってはならないと、何度も言われたシルバーウッドの森へ。
昨日、魔物に襲われたことが思い起こされる。
父と一緒なら、それほど怖くはなかった。
いざという時には、いつもローベルが助けてくれた。
だが、今は1人。
何が起きても、すべて自分だけで対処する必要がある。
すぐ近くにある茂みから、魔物が飛び出てくるのではないかと肝を冷やす。
『1秒でも早く森から出たい』という思いが、1歩進むごとに増していく。
それでも前へ進むのは、勇気からではない。
ドラグオン家はこのシルバーウッドの森を管理するための家である。
ルシウスが目指す立派な男爵は森を治めることも仕事のうちだからだ。
その森へ足を踏み入れた子供がいるのだ、前に進む以外の道はない。

今は形式上、シュトラウス卿《きょう》の領地となっているが、今でも実質的にドラグオン家が管理している。一時は、ゲーデン子爵が管理していたようだが、うまく管理できず、すぐに召し上げられた程の難所でもある。

しばらく森を進んでいくと、突然、森全体に響いたのではないかという少女の叫び声が耳に飛び込んできた。

「きゃあああぁぁあ‼」

ルシウスは全速力で声が響いた方へ走る。

どれほど走ったのだろうか。

普段は屋敷《やしき》の周りを10周しても息は上がらないはずが、喉の奥がひりつくほど渇き、肩で息をし始めた頃に、少女の姿を捉えた。

何かから必死に逃げており、服の袖とチュニックのスカートが引き裂かれている。

肩の傷を必死に押さえながら走っており、流れる血は、左手にはめた【騎獣に義手】へと滴《したた》っていた。

だが、生きている。

——良かった

森に入らない判断をしていれば、間に合わなかったかもしれない。

ルシウスは安堵《あんど》と共に、先程から握りっぱなしの剣を再び強く握った。

オリビアの背後を追いかけるのは、4体の毛むくじゃらの人らしきもの。

背は大人程だが、全身が緑色の毛で覆われており、毛の奥から光る目と手の先の汚れた爪だけが見える。

――トロルか
ルシウスはオリビアとトロルの群れの間に滑り込む。

「え？　ルシウス？」

意表をつかれたオリビアの声が漏れる。

ルシウスは、オリビアに構わず剣を振り上げた。

魔力を込めると剣に淡い光が宿る。

全力の魔力を使ってしまっては、今後何か起きた時対処できなくなる為《ため》、必要最小限の魔力にとどめている。

「引けッ！」

オリビアに話しかけたのではない。

トロルたちに問いかけたのだ。

魔物は獣ではない。高い知能を持ち、人との意思疎通が可能なものも多い。

もっとも人とは違う価値観、倫理観で生きているため、交渉がうまくいくことはあまり無いが、目についたからと言って殺して良い存在ではない。

ゴブリンのように、ほぼ必ず仲間を引き連れて戻って来るケースでは、群れ全体への影響を最小限に抑える為、有無を言わさず少数を処理することもあるが、それは特殊な例だ。

管理とはただ殺すことではない。

境界を守らせる行為だ。

人と魔物は共にあるとローベルは言う。

その力ゆえ、災いも呼ぶが、同時に人に益を与えもする。

最たる例が式だ。

魔物が居なければ人は式の力を失い、同時に生きる力を失う。

トロルたちの足が止まった。「グロオォ」としきりに奇声を上げている。

雨がそうさせたのか、毛むくじゃらのトロルたちからは酷《ひど》い獣臭が漂った。

「引くんだッ！」

更に声と共に剣に魔力をこめると光が一段と強くなる。

トロルの長い毛から煙が上がった。

トロルの1体が牙を見せて唸《うな》り声を上げる。

――クソッ、ダメか

ルシウスが刃を前へと向けると、唸り声を上げた1体が、木陰へと消える。

残された3体も後に続くように、雨の降る森へと消えていった。

「フウ、よかった」

何が起こるかわからない森である。

できるだけ魔力と体力の消費を抑えたかったのが本音だ。

振り向くと、腰を抜かしたように座り込んでいるオリビアが居た。

やはり武器などは所持していない。

その姿に安堵するとともに、怒りが湧いてきた。

「何でこんな馬鹿なことを！　死にたいのか！」

「私は…………」

オリビアは、縋《すが》るようにルシウスへ手を伸ばしかけたが、それもすぐに引っ込めた。

「ダメ」

言葉はルシウスに投げかけたものではなく、まるで自分に言い聞かせているように聞こえる。

その表情は恐怖に染まっているが、同時に強い意志が宿っていた。

オリビアはルシウスをにらみつけると、肩の傷を押さえながら無言で立ち上がり、再び歩き始めた。

「おい！　どこへ行くんだ⁉」

オリビアは振り向きもせずに、つぶやくように答えた。

「……グリフォンのところよ」

「父さんの話を聞いてなかったのか？　この森はいつもと違う。普段、もっと深い所にいる強い魔物が村の近くに出てきてるんだ。こんなときに子供だけで探しに行くなんて死に行くようなものだ」

「……もう多くの人が死んでるのよ、それも随分前から。私１人だけが、城の奥底にこもっているわけにはいかない」

「何の話？」

ルシウスにはオリビアの話が理解できない。

「アンタは英雄みたいに私を助けたつもりかもしれないけど、何も助けてなんかいない。私を、北部を助けたいなら、今は見逃しなさい。ルシウス・ノリス・ドラグオン」

オリビアの泥で汚れた顔は、どこか気高いと思ってしまう何かがある。

だが、それとこれとは別だ。

「できるわけ無いだろ」

「なら、いい」

オリビアは再び歩き始めた。

「ちょっと！」

ルシウスはオリビアの後へと続き、説得しながら、しばらく森の中を歩く。

雨天の為、朝日は差さないままだが、辺りは明るくなり、すっかり日は昇ってしまった。

これ以上進めば、本当に来た方向すら、わからなくなる。

力ずくでもオリビアを連れて帰ろうとしたとき、雷鳴が轟《とどろ》いた。

ルシウス達のすぐ近くにある木へと雷が落ちたのだ。

小雨《こさめ》の中、木からわっと炎が立ち上る。

「危ない」

雨の中である。

森全体に火の手が回ることはないだろうが、周囲に引火する可能性はある。

ルシウスはオリビアの手を引いて、炎から逃れるように走った。

森の中を、ただ逃げ惑うことが危険であることは理解できているが、今は身を守らなくては、と。しばらく走り、煙の臭いが全くしなくなった所で立ち止まる。

肩で息をしながら、一息ついた時、二人の横をスウーっと青白い何かが通り過ぎた。

ルシウスはオリビアをかばうように前にでて、剣を構える。

——何か居る！

周囲の森を隈《くま》なく探す。

すると近くの茂みが揺れた。

雨で滑りそうになる剣の柄《つか》を握り直す。

直後、茂みから白と黒の生地で作られたメイド服を着た女が出てきた。

「は？」

よく見ると、それは侍女のマティルダであった。

「マティルダさん？」

「よかったぁ。ルシウス様もオリビア様も見つけることができました」

マティルダが心底ほっとしたように胸を撫《な》で下ろした。

マティルダの近くに光り輝く何かが飛んでいる。

羽の生えた小人だ。

だが、肌や生物のような質感はなく、何かのエネルギーの塊のような不思議なもので体が構成されている。

その小人はマティルダの右手へと吸い込まれていった。

「私の式にルシウス様を捜させました」

「あれがマティルダさんの式？」

「そうです。妖精ですね。それより早く森を出ましょう。さっきから火の臭いと、所々強い魔物の気配が漂ってます」

「魔物の気配がわかるんですか？」

「ええ、妖精はとても弱い魔物ですからね。自分より強い魔物の気配には敏感なんです」

よく見ると、マティルダも武器を帯びていない。

丸腰で森に入ったようだが、オリビアと違って、服は汚れているものの無傷である。

式が有ると無いとでは、これほどまでに違うものか。

人は式を介することでしか、体外の魔力を感じることができない。なぜなら、魔力を感知する為の器官が人には無いからだ。だが、魔物は生まれながらにして、周囲の魔力を感知する術式を保持している。

それにも鋭い、鈍いがあるようで、マティルダの式は鋭い術式を持っているのだろう。

「父さんは近くに？」

「いえ、旦那様は昨晩からずっとお戻りになっていません。奥様へお伝えして、すぐにルシウス様を追ってきました」

「なぜマティルダさんが？」

本当に意味がわからない。なぜ侍女であるマティルダが1人で森まで追ってきたのか。

「ルシウス様、恐れながら申し上げます」

マティルダが大きく息を吸い込んだ。

「あなたもまだ子供です！　子供だけでこの森に入ったのに、大人が追いかけない訳無いでしょう！」

マティルダが大声を上げた。

言われてみれば至極当然なことである。

「……はい、すみません」

謝ったルシウスに満足したのか、マティルダがため息をついた。

「さて、帰りますよ」

「……」

さすがのオリビアも先ほど魔物に襲われたばかり。

特に意見はしない。

「そうですね。帰りましょう」

だが、2人の足がハタと止まる。

「さあ、ルシウス様、先導を。私はこの森にほとんど入ったことはありません」

「僕ですか？　でも、マティルダさんの妖精に案内してもらったほうが良くないですか？」

「いえ、この森は瘴気《しようき》が強すぎて、近くならともかく、森の外まで妖精には感知できません。森の中に入ってからも、随分ルシウス様を捜したんですよ？」

まず前提として、ルシウスもほとんど森に入ったことがない。

街道へ彷徨《さまよ》い出てくる魔物の対処が大半だ。

数少ない森に入った経験も常にローベルと一緒だった。

森には目印となるものは少ない。

木々は季節が巡る度に変化していく為《ため》だ。

最も頼りになる目印である太陽も、今は雨雲で覆い隠されている。

「おそらくあっち？」

なんとなく逃げ惑ってきた方向を差した。

「本当ですか？」

マティルダが疑《うたぐ》り深い目でルシウスを見る。

「……帰り道、わからないかも」

3人に沈黙が流れる。

「仕方ありませんね。大人の私がしっかりしないと」

マティルダは再び右手から妖精を喚《よ》んだ。

何かのエネルギーの塊で作られたような小人が飛び出す。

そして、マティルダが妖精へと話しかける。

「ティンク、魔物が少ない方向はどっち？」

妖精はしばらく周囲を飛び回り、一方向を指差すと粒子になり右手に吸い込まれていった。

「あちらに行きましょう」

マティルダが指差した方へ進み始めた。

——確かに理に適《かな》ってる
マティルダの式は周囲の魔物の気配を感じることができる。

当然、魔物が少ない方が危険も少ない。

更に、森の奥へ行けば行くほど魔物の数は多くなる、と以前、父ローベルが言っていた。

ならば、少ない方向は森の奥とは反対方向である村へと続く可能性は高い。

前を進むルシウス達より1歩後ろを、オリビアは仕方なさそうに続いた。

雨は続く。

森の木々に遮られるため、雨が直接降り注ぐことはないが、それでも濡《ぬ》れるものは濡れる。夏であったことは不幸中の幸いである。もし、寒い季節ならこの時点で動けなくなっていたかもしれない。

オリビアは頻繁に辺りを見回している。

「やっぱりまだグリフォンを探してるの？」

「そうよ」

ルシウスはため息をついた。

おそらく森の浅層まで強力な魔物が出てきているという話から、村から近い場所でもグリフォンが居る可能性を見出《みいだ》しているのだろう。

その後は口数も少なくなり、黙々と歩く。

体力は有限である。

皆、話すことも控え、ただただ歩みを進めた。

だが、一向に村へと辿《たど》り着かない。

日が傾き始めた頃に、流石《さすが》におかしいと皆、思い始める。

マティルダの式のおかげで、魔物と出くわすことはほとんど無いが、森の外へ出られない。

困ったどころの話ではない。

完全に遭難してしまった。

しかも、魔物が蠢《うごめ》く森の中で。

それでも幸運なことに、３人は森の湧き水で喉を潤し、甘みがほとんど無いイチジクの秋果や蟠桃《ばんとう》で飢えをしのげたのだ。

夕方、次第に辺りの光が失われていく。

「マティルダさん、今日は森で夜を明かしましょう。夜の暗闇の中で歩くのは危険です」

「……確かにそうですね」

了承したマティルダの顔には、明らかに疲労が見て取れた。

オリビアに至っては緊張と疲労で、顔に朝のような覇気はない。

考えられる最悪のケースは日が完全に落ちてから、野宿の準備となってしまうことだ。

灯《あか》りもない中、安全な場所を探さなくてはいけない。

気が付かず魔物の餌場で野宿してしまう可能性すらある。

この場合、何が餌かは言うまでもない。

「ここで待っててください」

ルシウスは辺りを探しまわる。

雨をしのげて、魔物からも身を隠せる所を探しているのだ。

10分ほど探し回った結果、銀樹の1本に、膝を曲げれば人がすっぽりと入れそうなほどの木のうろ、樹洞《じゅどう》を見つけた。

大樹として有名な銀樹である。樹洞の大きさも桁違いであった。

辺りに落ちている木を寄せ集めている最中に、ついに夜の帳《とばり》が下りる。

次第に、手元が見えなくなりながらも、急いで枝葉と蔓《かずら》で木のうろをすっぽり覆い隠せるような蓋を作り上げた。

「ルシウス様、すごいです。銀樹の樹洞に隠れるなど、思いつきもしませんでした」

木の樹洞は小さな動物たちに隠れ家としてよく用いられると、前世で読んだ図鑑に書いてあった。

アイデア自体は、知っていればすぐに思いつくことではあるが、実際に魔物が棲《す》む森で野宿する酔狂な人間などいないだろう。斬新といえば斬新ではある。

「……まあ、地面にそのまま寝るわけには行きませんから」

3人は身を寄せ合いながら、樹洞へと入ると、蓋で入り口を塞ぐ。

粗末な出来ではあるが、それでも無いよりはマシだ。

寝ている最中に魔物に襲われたのでは堪《たま》ったものではない。少しでも身を隠せる方がよい。

夏の森は虫たちの大合唱が鳴り響いていたが、朝早く起きたこともあり、ルシウスはすぐにまぶたが重くなる。

横でマティルダがゴソゴソと動いているが、気にならないほど眠かった。

もうわずかで眠りに落ちるという時に、マティルダが耳元で囁《ささや》いた。

「ルシウス様、服を脱いでください」

耳を疑う。

「え？　なぜ？」

「濡れた服は熱を奪います。夏とはいえ、体を壊してしまいます」

確かにマティルダの言う通りだ。

一日中、雨に降られた服はびしょ濡れである。

動き回っている最中は気にならなかったが、ジッとしていると寒さを感じた。

しかし、自分1人丸裸になるというのは気恥ずかしい。

「私はもう脱ぎましたから」

暗闇で何も見えないが、確かに先程から感じるマティルダの熱は、肌の温かさしか感じない。

そして、マティルダが話を続けた。

「オリビア様も」

「わ、私はいいわよ！」

声からも真っ赤になっていることが分かるほどに動揺している。

「ダメです。命を賭《と》して何かをなそうという方が、自己管理も出来ずに倒れるなどあってはいけません」

マティルダは毅然《きぜん》とした態度で答える。

「ううう」

仕方なくルシウスとオリビアは、ゴソゴソと濡れた服を脱いだ。

「絶対にこっち見ないでよ」

オリビアがルシウスを牽制《けんせい》する。

とはいえ、全くの暗闇である。

しかも10歳の子供など興味の対象外である。

「分かってるよ」

皆、朝早くから起きており――オリビアに至っては徹夜だが――、さらに日中、歩き通しだったため、雑談もそこそこに、生まれたままの姿で身を寄せ合って、泥のような眠りへと落ちていった。

翌日、ルシウスが目を覚ましたときには、既にオリビアもマティルダも木の洞に居なかった。

万が一の事態が頭をよぎり、蓋を押しのけ、急いで外へ出ると、2人は服を着ている最中だった。

「あっち行って！」

オリビアがルシウスの服を投げつける。

「あっ、うん」

何と答えていいのか分からず、ルシウスは服を受け取ると、すごすごと木の裏へと回り込んだ。

また濡れた服で1日過ごすと思うと気が滅入《めい》りそうだったが、幸いなことに一晩干していた服は乾いていた。すぐにズボンを穿く。

――なんだ、これ？

ズボンのポケットに何かがある。手を突っ込みポケットの中のものを引き抜いた。

「銀珀《ぎんはく》のネックレスだ」

以前、ルシウスがオリビアを村の工房へ案内した際に受け取ったネックレス。父ローベルがルシウスの婚約のために用意したものでもある。

オリビアに突き返された時、そのままポケットに入れていたようだ。オリビアを追いかけるため、屋敷《やしき》から慌てて飛び出したときに、気がつかないまま森へ持って来てしまったのだろう。

——首に掛けておこう
ポケットに入れたまま、転倒でもすれば最悪破損してしまう。

銀珀のネックレスを覆い隠すように、上着を着る。少し時間を潰してから表側へと回ると、オリビアとマティルダは準備を終えていた。

朝、雨は止《や》んでいたが、いまだ曇り。

相変わらず太陽の位置が釈然としない。

——今日も、魔物が少ない方へ歩くしかないか
諦めかけたその時、遠くで強烈な光が一瞬だけ辺りを照らした。

ほんの僅かな時間であるが、雲の間から太陽の日が覗《のぞ》いたのだ。

「マティルダさん、今の見ました？」

「ええ、見えました。あちらが東ですね」

念の為《ため》、マティルダが妖精の式を喚《よ》んで確認する。

「あちらは魔物が少ないようです。方角も合ってます」

先ほどの陽光が瞬《またた》いた方角が、村で間違いなさそうだ。

遭難していたと思っていたが、どうにかなりそうだと安堵《あんど》する。

そう思うと、一気に力が湧いてくる。

「急ぎましょう！」

足取りが軽くなる２人と対照的に、オリビアは安堵と断ち切れない未練という相反する思いを抱えた様子だ。

だが、結局できることは歩くことだけ。

３人は光が見えた方角へ歩み始めた。


一方、村の中にあるドラグオン邸には不穏な空気が流れていた。

「ドラグオン卿《きょう》。説明してもらえるか？」

さきほど到着したばかりのシュトラウス卿と夫人、側近たちがローベルの執務室に詰めかけている。

近年すっかり牙を抜かれたと囁かれるシュトラウス卿とは思えないほど、剣呑《けんのん》としていた。

対面式のソファーに浅く腰を掛け、お互い前屈《まえかが》みでの会談である。

少しやつれたローベルが、答える。

「オリビア嬢が昨日の明朝、シルバーウッドの森で消息を絶ちました」

「それで？」

「今、村の魔術師を集めて捜索隊を組んでおります」

「そんな事は聞いていない！　私は、今どこにオリビアが居るのかと聞いているッ！」

「それはまだ、わかりません」

「ふざけるなッ！　さっさと捜し出せ！」

ローベルの瞳が怒りに染まる。

「……それだけですか？」

「何？」

「俺の息子は、１人で屋敷を抜け出したオリビア嬢を追って森に入った。家の侍女も、だ。しかも、この森に不穏が漂うこのタイミングに」

「元はと言えば、ローベル、お前がしっかり監視していなかったからだろうッ！　お前を信頼して、大事な愛娘《まなむすめ》を預けたのだぞ！」

シュトラウス卿とローベルは旧知である。人前ではドラグオン卿と呼ぶシュトラウス卿も、プライベートではローベルと名で呼ぶほどの間柄ではあった。

「なら、こっちも言わせてもらいますッ！　更に遡ればシュトラウス卿がしっかりじゃじゃ馬の手綱を握ってなかったことが原因でしょうがッ！」

「じゃじゃ馬とは何だッ!?」

「じゃじゃ馬でしょうがッ！」

お互いに胸ぐらを摑《つか》み合った。

「ローベル、落ち着いて」

「貴方《あなた》、今は喧嘩《けんか》どころではありません」

それぞれの夫人が横で言葉を挟む。

「黙ってろ」」

ローベルとシュトラウス卿が反論する。

「貴方がおだまりなさい」」

二人の夫人に気圧《けお》されて、思わずお互いの胸ぐらを摑み合っていた手を放した。

「本当に男はこういう時、役に立たないわね」

「全くです」

二人の夫人は、紅茶をすすった。

シュトラウス夫人が口を開く。

「それで、私の娘はまだ生きていると思いますか？」

エミリーが淡々と答えた。

「息子と侍女がご息女と合流できていれば、という話ではありますが、おそらくまだ生きております。息子はまだ10歳の子供ですが、冷静で腕が立ちます。低級の魔物であれば後れは取らないでしょうし、無茶もしないでしょう。また、侍女の式は感知能力が鋭い。よほど階級の高い魔物に遭遇しなければ、無用な戦闘を回避できるかと」

「ルシウスとドラグオン家の侍女に心から感謝しなくてはね」

「ですが、予断を許しません。村の詳しい者に聞いたところ、遭難は時間との勝負。体力の低下、食料や病、怪我《けが》の問題もあります。5日を過ぎたら生存は絶望的とのことです。また、森に不穏な気配が有ります」

シュトラウス夫人は澄ました顔で、話を続ける。

「では、明日、明後日《あさって》にでも大規模な捜索隊を出しましょう。お金に糸目はつけません。

全て我が家から出します。近隣の諸侯達にも救援を要請しましょう」

「待て！　待ってくれ！」

シュトラウス卿の顔が曇った。

「そんなことをすれば、今回の醜態が皆に知れ渡ってしまうぞ」

北部を統《す》べるノリス・ウィンザー家の跡取り娘が、家出の挙げ句、現地の領主の言いつけすら守れず、魔物が生息する森で遭難。しかも、現地の領主の跡取りを巻き添えにして、だ。

家名が傷つくくらいなら問題ない。

だが、娘オリビアが目指す王座への道は絶望的となる。

シュトラウス卿も本気で娘が王座につけるとは思っていない。

だが、大貴族の跡取り娘が、政治の中で出世を目指すことは至って健全だ。

その結果、国の要職の1つでも摑むことができれば、北部の未来は細い糸ながら繋《つな》がる可能性すらある。

どこか区切りの良いタイミング、それこそ命を狙われる前に、身を引かせれば良いと考えていた。

それまでは10歳の娘の夢を陰ながら支えるつもりでいたのだ。ただし、命に影響がない範囲に限るが。

だが、今回の遭難は醜聞が過ぎる。

周りに諭されて尚《なお》、己の道すら失う者に、誰が国の行く末を委ねたいものか。

周囲に知れ渡れば、娘の夢は、北部の未来は、完全に閉ざされてしまう。

「貴方はオリビアの命と北部の命運、どちらが大事なのですか」

「それは……」

シュトラウスは答えに窮した。

「私は、迷いなくオリビアの命を選びます」

「だが……」

北部を統括しているシュトラウス卿にはその選択は難しい。

家族の為ならば、他のすべての貴族や領民など、知ったことではないと言っているようなものだ。

しかも、かつての自分がそうだった様に、他の貴族達は、涙を呑《の》んで子供たちを戦地へ送り込んでいる最中に、だ。

どちらが間違いでも、正しいでもない。

何を大事にしたいか、という話である。

悩むシュトラウス卿へエミリーが頭を下げた。

「シュトラウス卿、お願いです。私の息子ルシウスと侍女マティルダをお救いください。貴方にはその力があります」

シュトラウス卿は唇を噛《か》んだ。

「だから、あなたは駄目なのです。あなたはウィンザーでしょう。子供の醜聞程度、撥《は》ね返してみせなさい」

シュトラウス夫人が畳み掛ける。

もとより選択肢など無いのだ。

娘がこのまま死ねば、恥も外聞もあったものではない。

たとえ、娘の、北部の将来が閉じられようとも、生きてこそ、だ。

「………わかった」

シュトラウス卿は苦渋の決断をした。


3人はあいかわらず森を歩いていた。

今日でこの森も3日目である。

マティルダが魔物を的確に感知してくれる為、ほぼ素通りできた。

たまに魔物の方が先に気がつき、襲ってくるケースもあるが、襲撃を事前に感知できるというのは心強い。

今も襲撃してきた狼《おおかみ》型の魔物を、牽制《けんせい》の上、ルシウスが斬り伏せた所だ。

「さすがですね。ルシウス様。式も持たずにそれだけ魔物と戦えるのは大人でも滅多にいません」

「ですかね？　父さんの方が全然強いと思いますが」

「旦那様は別格です。長くこのシルバーウッドの森を管理してきた方ですから」

「ですよね。僕も父さんの様に立派な男爵になりたいです」

オリビアが口を挟む。

「ルシウス、あなたの夢も貴族として身を立てることなの？」

その声には期待が込められていた。

「ある意味そうだね。領民や家族、家臣を守れる男爵になる」

「そう……」

オリビアはしばらく考える。

「ならば、私と共に王を目指しなさい」

「王様？　それは興味ないな」

「興味なんか関係ないわ。今、北部は危機にあるの。私が王にならなければ」

オリビアの言うことは間違いないのだろうが、どうも抽象的だ。

だが、王といえば【鑑定の儀】で、会ったあの老人を思い出す。

悪い人ではない。高貴な人なのだと思う。皆から敬われているのだろう。

だが、あの姿に自分は惹《ひ》かれない。

自分は、父の様に領民の生活を守り、皆から必要とされる人間になりたいと思う。

「ごめん、やっぱり興味ない」

「……あっそう。あんたは、その程度の人間なのよ。でも、私はグリフォンを従えて王になる」

「オリビア、それは無理だ。グリフォンを探すどころか、今僕らは帰る家すら見失ってるんだぞ」

「いいえ、やるわ」

「無理だ！」

「……そこまで言うなら、私がグリフォンと契約できたら貴方は何をしてくれるの？」

——はぁ、子供かよ
いや、オリビアはまだ子供なのだ。

日本で言えば小学4、5年生のただの子供。だから現実が見えていない。

ルシウスはうんざりしながらも適当に会話を終わらせる。

「その時は、なんでも言うことを聞いてあげるよ。家や領民に迷惑がかからない範囲ならね」

「約束よ?」

「ああ、分かった、分かった」

ルシウスの投げやりな態度に、口をすぼめたオリビアは会話を打ち切る。

これ以上の話は無益だ。

ルシウスが前を向くと、何か苔《こけ》に覆われた岩の様なものが目に入る。

自然物ではあり得ない様な、平面だ。

——なんだ、あれ?

ルシウスは更に近寄る。

徐々にその全貌が明らかとなった。

その形には見覚えがある。

「戦車?」

前世、テレビで見た戦車に形としては似ている。全く同じではないが、偶然とは思えないほど、近しい。

「赤の時代の遺物ですね」

　後ろから来たマティルダが呟《つぶや》いた。

「赤の時代？」

「ええ、この国ができるはるか前にあった時代です。それは酷《ひど》い時代だったらしいですよ。人は常に戦争に明け暮れ、空と川が腐った血の色に染まったそうです」

「そんな時代が」

　オリビアが後に続く。

「青の時代、かつて人は空の上に住んでいたが、この地を見つけた。祖先達は、この楽園へと降り立ち、栄華を極めた。だが、楽園を巡って多くの血が流れ、赤の時代が訪れた。英雄王が、全ての禍根を一身に受け、今の緑の時代が創られた。有名な創世記よ」

　ルシウスは今まで政治や法律、算術、国語などを勉強していた為《ため》、あまり歴史に詳しくない。

　歴史の本も何冊かは読んだが、全て建国以降の歴史である。

「その遺物が何でこんな所に」

「別にここじゃなくっても見つかるわよ。遺物はどれも貴重品だから大体掘り尽くされてるけど。この森は魔物が多いから、今まで誰も調査しなかっただけじゃない？」

「そうでしょうね」

２人は納得するが、ルシウスは違和感をおぼえる。

――おかしい
確かにこの森は魔物が多い為、地元の人間以外はあまり出入りしない。

だが、全く無いわけではない。

これだけ大きな遺物が、村の近くに長い間、放置されるだろうか。

聞けば、遺物は貴重品のようだ。お金に困り続けているドラグオン家や領民がなぜ金に換えない。

――もしかして、ほとんど人が踏み込んだことがない程、深層にいる？

一抹の不安を抱えながら、遺物を後にした。陽の光とマティルダの術式を信じる外にない。他に何も目印はないのだから。

その後も、歩けども、歩けども村は見えてこない。

むしろシルバーウッドの象徴である銀樹の本数が増え、幻想的な深い森と呼べる様相となってきた。

ルシウスは朝から幾度となく言いかけては呑み込んだ言葉をついに口にする。

「本当にこっちであってるんでしょうか」

ルシウスの後に続く2人の女は何も答えない。

なぜなら2人とも同じ思いだからだ。

「一度、状況を整理しましょう」

幸いなことに、季節は夏。

食べられる果実には事欠かない上に、森の至る所から清水が湧き出ている。

だが、だからと言って快適ということはない。

歩けば疲れもする上、魔物へ神経を尖《とが》らせる必要もある。木のうろでの睡眠も熟睡できたのは初日だけだ。徐々に疲労が溜《た》まってきている。

「まず、こっちに魔物が少ないのは間違いないですよね？」

「間違いありません」

疲れが見えるマティルダが答える。

相変わらずの曇天だが、時折、太陽の陽が一瞬だけ、垣間見《かいまみ》えることがある。今朝も見えたのだ。

方角は合っているはず。

全ての情報が森の外へ向かっていることを示していた。

だが、現実は一向に村が見えてこないのだ。

「おかしいな。でも魔物も居ないから正しいんだろうけど」

「ええ、おそらく居ないと思います」

「おそらくとは？」

「魔物は階級が上がれば上がるほど、魔力の扱いに長《た》けます。上級の魔物は私の式では感知できませんから」

マティルダは、何を今更、とでもいいたげに言う。

「え？」

耳を疑った。初耳である。

「マティルダさん……もう一度聞きます。この周辺で魔力を感じますか？」

「いえ、この辺りには一切、感じないです」

ルシウスの背筋が凍る。

森は奥に行けば行くほど、上級の魔物が出る。

そして、強大な魔物がいれば、弱い魔物は身を隠すか、逃げ出すに決まっている。

──まさかッ！

魔物が居ない場所ではない。

強大な魔物がいる場所、いる場所を追いかけてきたのではないか。

そう思うと辻褄《つじつま》が合うことが多い。

太陽の位置だけが、理屈に合わないが、何日歩いても村へつかない理由も、銀樹が多くなる理由もすべて説明が付いてしまう。

「それがどうかしま——」

マティルダが答えかけた時、木々の間から巨大な頭が現れた。

長い舌をチロチロと出し入れしながらも冷たい視線を見せる。

その姿には見覚えがあった。

針のある巨大な甲羅を持ち、濃い緑色の毛針に覆われた大蛇。

——ペルーダ！

先日、ルシウスたちを襲った2級の魔物である。

同じ個体か、はたまた別個体かはわからない。

ペルーダの出現に、マティルダの悲鳴が続いた。

ルシウスは、ありったけの魔力を剣へとこめる。

途端、森の木々の影を消し去る程のまばゆい光が辺りを覆った。

「逃げるんだッ！」

剣の光では、ペルーダに致命傷を与えられないことはわかっている。

あくまで目眩《めくらま》し。

ルシウスも目も開けられないほどの光の中、急いで逃げようとした時、ルシウスの手に誰かの手が重ねられた。

「何だ⁉」

ルシウスの手を何かが流れていく。

自分の物ではない。

初めて感じる他人の魔力。

熱さと冷たさが同居したような魔力が剣へと送り込まれた。

「これでも喰《く》らいなさい」

オリビアの声だ。

ルシウスとオリビアの魔力が込められた剣は、今までにないほどの光を放つ。

肌を刺すほどの焔光《えんこう》が辺り一帯を包んだ。

その太陽のような煌《きら》めきは一瞬。

すぐにチラチラと瞬《また》たく燐光《りんこう》へと姿を変えた。

あまりに強い光を受けたため、よく周りが見えない。

まばたきを繰り返すと、次第に視界が明瞭となっていく。

「ペルーダは⁉」

先程まで自分たちの前にいた大蛇がいない。

倒したということはないはずだ。

――どこだ⁉

背後を見ると、焼け焦げた岩山がある。

それがペルーダの甲羅だと気がつくまで時間は要らなかった。

無傷の首と尻尾が生えてきたからだ。

――甲羅に閉じこもってやり過ごしたのか
万策尽きた。

そう思った時、オリビアがこの3日間頑《かたく》なに外さなかった【騎獣の義手】が目に入る。

「オリビア、【騎獣の義手】を貸して」

「……嫌」

「盗《と》らないから」

「何するの？」

【騎獣の義手】でできることは分かりきっている。

「ペルーダと契約する」

嫌である。

父と同じ大空を舞うヒッポグリフが良い。

家族には内緒で、風を操る術式のイメージトレーニングも重ねてきた。

何を好んで、カタツムリ型の毒蛇と契約をしなければならないのか。

だが、もうこれしかない。

「ペルーダは2級の魔物。僕の魔核は1級。相性が良ければ契約できるはず」

ペルーダの瞳には怒りが宿っている。

格下に、ただの贄《にえ》に、己の殻を灼《や》かれた。その事実が苛立《いらだ》たせているのだろう。

オリビアが左手にはめた【騎獣の義手】に手を掛けたとき、突然、日が昇ったように周囲が明るくなった。

すぐに剣を確認するが剣は光っていない。

そして、流星でも落ちてきたかのような大きな音が辺り一帯に響く。

「何⁉」

爆心地と呼んでいいのか、焼けた大地の中に、1体の魔物が立っていた。

その魔物が強烈な光を放っている。

徐々に光が収まると形が顕わとなる。
鷲《わし》の頭に、獅子《しし》の体、白く輝く翼をもつ魔物。
王者の風格。
焼け付くような存在感に呑《の》み込まれそうだ。
父の式ヒッポグリフに姿形は、似ているが、感じられるものは別次元。
ヒッポグリフよりも2周りは大きく、ヒグマを優に超える体軀《たいく》。
「……グリフォン」
オリビアがつぶやいた。
「あれが、王の獣」
名の通りだと思った。
ルシウスの剣の柄《つか》に付いている羽飾りと同じ羽をもつ最強の魔物。
異変を察知したペルーダが、我先にと、逃げ始めた。
それが逆に気に障《さわ》ったのか、グリフォンが獅子の足で素早く地を駆ける。
逃げるペルーダとの距離を、一瞬で詰めると前足を振り上げた。
そして、甲羅ごと爪で、引き裂いたのだ。
つい先程まで命を宿していた大蛇の目から徐々に生気が無くなり、音を立てて首が地面へとうなだれた。

２級の魔物、ルシウスたちがどれほど努力しようとも、逃げることしか出来なかった魔物を一撃で踏み潰した。

戦いにすらなっていない。

「嘘《うそ》っ。なに……この魔力……」

唯一この中で魔力を感知できるマティルダがうわ言のように言う。

完全に血の気が引いている。

グリフォンはルシウスたちが視界に入っていないのか、しきりに何かを探していた。

グリフォンの羽毛が、煌めき、時折、強い光を放っている。

その光には見覚えがあった。

ルシウス自身が放つ光である為《ため》、完全に思考から抜けていたのだ。

――日の光を見たんじゃない
明朝に何度か見た光は太陽ではなく、グリフォンが放った光だったのだ。

そして、完全に確定した。

――今、森の最深部に居る
「……早く逃げないと」

ペルーダが居なくなったから良いのではない。

むしろもっと悪い。

ペルーダをたった一撃で屠《ほふ》ることができるほどの強大な魔物を呼び寄せてしまったのだ。

身動きができず、固まった3人を見定めるように、グリフォンが近づく。すると、魔物は威厳に満ち溢《あふ》れているが、同時に薄汚れていることに気がついた。

――傷ついてる

この強力な魔物を傷つけるほどの何かが居るのだろうかという考えが頭をよぎる。

だが、今はグリフォンを心配するほど悠長なことを考えている状況ではない。

1秒でも早く、グリフォンから距離を置かねば。

グリフォンと絶対に契約してみせると豪語していたオリビアは1歩たりとも動けずに、固まっている。

オリビアの足が震えていた。よく見ると口がガチガチと音を立てている。

無理もない。

これは人の手に余る生き物だ。

かつて、これを本当に式にした人間がいるのだろうか。絵本の中の夢物語ではないかと疑いたくなる。

周囲を探していたグリフォンが、ルシウスの方を向いた。

鷲の鋭い視線が、剣へと注がれている。

次第にその冷徹な瞳が怒りに染まる。

理由は明白であった。ルシウスの宝剣には目の前で威圧を漂わせる王者と同じ羽があしらってあるのだ。

「違う！　君の仲間から羽を奪ったんじゃない！」

グリフォンが獅子の体躯を揺らしながら、ゆっくりと1歩進み出る。

グリフォンは、ルシウスより手前にいたオリビアに近づくと、羽虫でも払うかのようにゆっくりと前足を振り上げた。

「危ないッ！　オリビアーッ！」

明らかにオリビアの脳天へ撃ち落とすつもりである。

潰されてしまう。先程のペルーダのように。

ルシウスは震える自分の足に力を入れて、1歩を踏み出そうとした時である。

突如、グリフォンが吹き飛ばされた。

「はッ⁉」

大地に切り裂かれたかのような亀裂が入る。

予想だにしなかった事態に頭が追いつかない。
余波で吹き飛ばされたオリビアをルシウスが受け止めた。
先程までグリフォンが立っていた場所に、何かがいる。
黒、いや黒銀《くろがね》色の鱗《うろこ》が見える。
太い首、恐竜を思わせる牙が並んだ口。鋭い爪が付いた4本の足。
長い尾。
黒銀色の鱗に覆われた背から伸びる2枚の羽。
それは、ドラグオン家にとって因縁深い存在である。
「……竜」
突如現れた黒銀の竜。
グリフォンをも上回る威圧を放つ、圧倒的な存在感。
ペルーダにあった時、蛇に睨《にら》まれた小鼠《こねずみ》になった気分だった。
グリフォンの時は、大型の肉食猛獣に弄ばれる小鼠だ。
だが、これは違う。
大型の肉食恐竜の前に曝《さら》け出された小鼠がいるとしたら、まさにその感覚。
捕食対象ですらない。ただ踏みつけられないことを祈るのみ。

「申し訳ありません……連れて帰れませんでした」

不幸なことに、魔力を感じることができてしまうマティルダは、小声をこぼしながら腰からくずれおちた。

足元に薄黄色の水たまりができる。

オリビアはルシウスの腕の中で、固まっている。それでも目の前で起きたことが現実なのかを確かめるように震える声を振り絞った。

「特級の魔物……」

「特級？」

魔物の強さは第6級から第1級ではないのか、という疑問が湧くが言葉にはならなかった。

定義など、どうでもいい。

いち早くここから逃げなくては。そればかりが思考を覆い尽くしたからだ。

竜は人の存在に気がついたのか、その大きな眼球でルシウス達を睨んだ。正確には、とっくに存在は知っていた為、意識したというべきか。

「グオウオオォッッ!!」

鼓膜が破れるのではないかと思うほどの雄叫《おたけ》びが鳴り響く。

——死ぬ
そう直感した。

森の異変は間違いなく竜の存在。

これだけのイレギュラーがあれば森も荒れるだろう。

考えれば簡単である。

本来、森の深くから出てこない魔物が浅層にいる。

浅層を目指す何かの目的があるか、元いた場所を追いやられたかの2つしか無い。

竜の存在が、森の深部にいた上級の魔物たちを浅層へと押しやったのだ。

「イヤァアアッ‼」

オリビアはあまりの恐怖に耐えきれず、ルシウスの腕を振り払い、後方へと走り出した。

生物として、この上なく真っ当な判断だ。

ルシウスも続こうとした時、地面に座り込んで動けなくなっているマティルダが目に入る。

頭に浮かんだのは赤子の頃から世話を受けた記憶。

マティルダは怪訝《けげん》な表情を浮かべながらも、決してルシウスを雑に扱わなかった。

常に丁寧に、慎重に扱ってくれた。

そして時折、笑いかけてくれた。

——違う。これじゃ前と同じだ
かつて【鑑定の儀】の帰り道。

ローベルは危機的状況を理解していたにもかかわらず、誰一人、見捨てようとはしなかった。

負傷した領民、子供、家族、すべてを守ろうと限界まで踏みとどまった。

ルシウスは剣を構えると、竜に相対する。

「ル、ルシウス様！　何をッ⁉　逃げてッ！」

マティルダが必死に声を張り上げる。

敬語も忘れ、立たない足を震わせる。

「立派な男爵は、簡単に家族を見捨てたりはしないんですよ。知ってますよね」

虚勢である。

本当は怖くて仕方ない。

今も全身が震えている。

ルシウスは剣の周囲に光の線を形作った。

かつてペルーダの肉を裂いた技だ。

対して、竜は興味もなさそうに、大きな体で近寄り、腕を上げて、振り下ろした。

本当にただそれだけである。

竜にしてみれば攻撃ですらなかったのかもしれない。人が羽虫を叩《たた》く時のそれを攻撃というなら、そうかもしれないが。

ルシウスは人生において、いや前世も含めて、かつてないほど神経を研ぎ澄ませた。

アドレナリンが大量に分泌され、時間が圧縮される。

自分でもどうやったのか、全く分からないが、竜の爪を剣で受け流す。

これ以上無いタイミング、力加減、刃の角度、全てがルシウスの今の技量を超えていた。

もう一度やれと言われても不可能と思う。

だか、竜の力は凄《すさ》まじく、受け流した力によりルシウスは暴風に晒《さら》された風車の様に宙を舞いながら回転した。

回転の勢いそのままに剣で竜の顔を斬りつける。

——喰《く》らえッ
鉄塊。

そう感じた直後、甲高い音と共に剣が弾《はじ》かれた。

次に来たのは巨大な尾。

極限の集中のなか、一切の雑念を振り払い、体の動くままに剣を合わせる。

尾も受け流した、という手応えを感じた瞬間、体が四散したのではないかと思うほどの衝撃が脊髄に走る。

ほんの僅か、力を受け流せなかった為、ルシウスの小さな体は2回、3回と跳ねながら弾き飛ばされたのだ。

地面に倒れたまま、全身に走る痛みを堪えて、視線で竜を捉えた。

竜の額に僅かだが、切り傷があった。

回転を加えた一撃が、光の刃が小さな傷を作ったのだ。

「やったぞ」

小さな声で勝鬨《かちどき》をあげる。

傷を与えられた。それは微《かす》かな希望を生む。

竜といえども、絶対の存在ではない。

倒せはしないまでも、皆が逃げる時間を作ることくらいはできるはず、と。

それも簡単に砕かれる。

傷つけられた苛立《いらだ》ちを目に宿らせた竜が、羽を大きく広げて、大きく口を開いた。

竜が敵に口を開く理由。

ブレスに決まっている。

ルシウスは全力で魔力を振り絞り、光を線から周囲へ放射する様に変えた。

目眩しでも何でも良い。何とかしなければと、1秒を争いながら焦《あせ》る。

「間に合えッ」

目も開けられない程の光が辺りを覆った直後、マグマがすぐ近くを流れているのではないのかと疑うほどの熱量を感じた。

寸秒の間を置いて、爆音と爆風が吹き荒れる。

剣の光が収まると、信じられない光景が広がっていた。

ルシウスの僅か数メートル横が荒野となっていたのだ。

先程まで深い森だった場所が、大きな球場がすっぽり入る程、焦土となっていたのだ。

所々から煙が上がり、木だった破片が燃えている。

「ははっ」

思わず乾いた笑いがこぼれた。

これでは災害ではないか。

ちっぽけな人間にできることなど、ほとんど無いだろう。

竜の背後で動けないままのマティルダの姿が見える。

しかし、それでも引けぬことがある。
ルシウスは再び立ち上がると、剣を構えた。

恐怖にかられ、一心不乱に逃げるオリビア。
竜など、ここ100年以上観測されていない特級の魔物。
1体で小国を焼き払ったとされるほどの魔物。
国を、というのは流石《さすが》に眉唾だろうと思っていた過去の自分を引っ叩《ぱた》きたい。
史実だ。
そう確信させるだけの威圧があった。
グリフォンを一方的に薙《な》ぎ払《はら》い、尾を叩きつけたら大地に傷ができたのだ。
——冗談じゃないわ
せっかくグリフォンに会えたのにもかかわらず、直後の襲来。
水を差された。
だが、生きていれば次がある。
今はとにかく生きなければ、と本能に従うままに逃げ出した。

ふと、後ろを振り返った時、信じられないものが目に入る。

ルシウスが剣を持って竜に相対している様子が目に入ったのだ。

――本物の馬鹿ね
あの強さがわからないのか、あの脅威が伝わらなかったのか。

政治を理解せず、領民を守れる男爵になるなどと、曰《のたま》っている子供など、そんなものだろう。

心の中で、この場にとどまるルシウスを罵倒するのに反して、なぜかオリビアの走りが少し遅くなる。

「立派な男爵は、簡単に家族を見捨てたりはしないんですよ。知ってますよね」

ルシウスの声が聞こえる。

――ありえない
竜に立ち向かうことが立派な男爵なら、子爵や伯爵は神にでも立ち向かうのか。

なら王を目指す者は、何に立ち向かえば立派なのだ。

「あれは蛮勇よ、勇気じゃない。愚かな行為。本当に馬鹿」

ルシウスを罵倒する声が漏れる。

だが、なぜか更に走りが遅くなる。

ほとんど歩いているような速度だ。

生きていてこそだ。

生きていれば王への道もまだ繋《つな》がる。

「そうよ。王になれば、私だって……」

――竜に挑めるか
無理だ。

どれほど剣術を磨こうとも、どれほど強大な式を従えようとも、竜に立ち向かうことなどできるはずがない。

そう思うと、足が止まった。そして背後にいる少年へと再び視線を移す。

ルシウスの手は震えている。

怖いのだ。

死ぬほど怖いのだ。

当たり前だ、自分と同い年の少年。

いくら魔力が多かろうが、多少の実戦を経験していようが、子供が剣1つで竜に立ち向かうのに怖くないはずがない。

竜が、ルシウスを前足で切り裂いた。

細切れになったと思った。だが、ルシウスは剣で竜の一撃を受け流し、あまつさえ反撃した。

直後、尾で弾かれる。

ルシウスが、河へ投げた飛石《とびいし》のようにバウンドしていった。

追い打ちをかけるように竜が炎を吐き、森を焼き払った。

「やっぱり守れないじゃ――」

だが、ルシウスは立った。

そして、剣を再び構える。

「…………………」

オリビアは言葉を失った。

『領民や家族、家臣を守れる男爵になる』

一笑に付したルシウスの言葉。

なんと小さな夢だろう、なんと了見が狭いのだ。

自分の方が壮大な夢と大義を持っている。

そう考えていた。

だが、実態はどうだ。

矮小《わいしょう》な夢しか持たぬ者が家臣を守るために剣1つで竜と切り結び、壮大な夢を持つ自分がすべてを置き去りにして逃走している。

何が、北部のすべての貴族を、領民を救う、だ。

ルシウスやマティルダも、その1人ではないか。

目の前で救うべき相手を置き去りにし、自分だけが逃げようとしている。

ただ森を連れ回され、グリフォンと契約してみせると、言葉だけの小娘のままだ。

思えばこの森に入ってから、常にルシウスは助けてくれた。庇《かば》ってくれた。

自らの身勝手な行動に巻き込まれたにもかかわらず、森へ入ったことを叱責はしたが、遭難したことに対しては一切責めなかった。

オリビアが四大貴族の令嬢だからそうしたのではない。自分が村娘でも、おそらくルシウスは同じことをしただろう。

守るべきものを守る為《ため》の行動。

信念にもとづく行動。

それだけだ。

オリビアはその一連を見て、やっと理解できたのだ。

本物の覚悟とは何か、を。

「ああ……だから、ルシウスは戦ってるのね…………」

人の価値は夢の大きさで決まるのではない。

志の壮大さで決まるものでもない。

ましてや、相対する者の強弱や己が置かれた立場で、信念が変わるものでもない。

ルシウスをライバル視するあまり、その覚悟が見えていなかったのだ。

あの日、1人で館から抜け出すのではなく、事情を話し、一言助けてほしいと言えば、ルシウスはきっと助けてくれただろう。力を貸してくれただろう。シルバーウッドの森を管理するという貴族としての責務と覚悟のもとに。

――でも、しなかった
「……馬鹿は私ね」

オリビアは、なりふり構わず、再び走り出した。

走る先には、大きな銀樹。

その銀樹はくの字に折れ曲がっている。

木の麓には、竜の尾で叩《たた》きつけられたグリフォンが藻掻《もが》いている。

折れた木が上からグリフォンを挟み込んでいるが、それ自体はグリフォンにしてみれば問題ではない。

竜の一撃による負傷に悶《もだ》えているのだ。

オリビアがグリフォンの近くに来た時、グリフォンは無理やり体を捩《よじ》って、木から抜け出た。

だが、グリフォンの視線の先にオリビアはいない。

竜だけを見ている。

小娘など眼中に無いのだ。

グリフォンは竜の反対方向に向かって飛び立とうと、羽ばたき始めた。

オリビアは手が届きそうな程に近寄り、一言、投げつける。

「逃げるの？」

グリフォンは一瞬だけ振り返ったが、興味を示さず視線を戻した。

——傷だらけ
近寄るとグリフォンの体は傷だらけだった。

先程、出来たものではない傷も多い。

この森に入ってからの３日間、何度か目にした太陽の様な光。

あれは竜との闘争だったのかもしれない。

勝敗は明らかだ。

グリフォンは今、逃げ出そうとしている。

「なにが王の獣よ。あんた、この森の王だったんでしょ？　自分より強い奴《やつ》が来たらさっさと逃げ出すの？」

まるで愚かな自分を見ているようだ。

そう思うと不思議とグリフォンへの恐怖が和らいだ。

「剣の光を仲間が放ったものだと思ったのね。仲間に助けを求めに来たんでしょ？　違う？」

反対に、グリフォンは唸《うな》り声を上げ、苛立《いらだ》っている。

言葉を理解せずとも、下に見られていることは十分に理解しているようだ。

グリフォンが威嚇するために雄叫《おたけ》びをあげた。

だが、オリビアは動じない。

「私はたとえ命を失っても自分の国は渡さない。やっと分かったの。順序が逆よ。王になれば覚悟ができるんじゃないわ。誰よりも国の未来に覚悟を背負える人が王になるの。だから、私が王になる」

オリビアは更に近づく。

グリフォンの巨大な体軀《たいく》が、半歩下がった。

「あんたが王から降りるのなら、その翼を私に貸しなさいッッ‼」

【騎獣の義手】をはめた左手で、グリフォンの頭に触れる。

直後、グリフォンは光の粒子となり、オリビアの左手へと吸い込まれていった。


竜は感じていた。

久しぶりに敵が現れた、と。

光を放つグリフォンはそこそこ強かったが、何度か叩いただけで逃げ出した。

アレは敵ではない。

目の前にいるゴブリンに似た生き物は違う。

輝く一本の爪を以《もっ》て、己の鱗《うろこ》を割いたのだ。

あんな小さな生き物が。

しかも切り裂いて、尾で叩いても生きている。

ブレスを放っても、目眩《めくらま》しで外されてしまった。

さらに不可解なことに、圧倒的な力を見せつけたはずだが、まだ立ち上がってくる。

嬉《うれ》しくて、更に口を広げ、腹に力を込めた。

小細工は要らない。炎の吐息ではない。
とっておきを放とう。
そう決めた。
「おいッおいッおいッ、何だそりゃ」
剣を構えたまま、ルシウスは口走った。
竜の口に闇が見える。
先程のような炎ではない。
周囲の光を呑《の》み込むほどに黒い影が口の中へと集まっていく。
慌てて剣で光を放ったが、竜の口に光が吸い寄せられて消えていった。
光すら呑み込む闇。
目眩しが、使えない。
口から溢《あふ》れ出そうになった暗黒が、突如、放たれる。
それは黒い線。
そうとしか表現できない。
――ごめん、守れなかった

死を認識した瞬間、ルシウスの体は、急速に何かに引っ張られ、大空へと引き上げられた。

空へと引き上げられながら、眼下に見える光景は異様の一言だった。

まるで森の上空写真に、墨で1本線を引いたようだ。

次の瞬間、黒い線に周辺の木々、焼けた大地が急速に引き寄せられ、黒い線の周辺がめくれた土色に変わる。直後、極限まで圧縮された木々や大地だったものが、一気に吐き出され、周囲にぶちまけられると、黒い線が消えた。

後には圧縮され、砕かれた残骸のみが広がった。

「何、ボケっとしてるの！」

オリビアの声がする。

正気に戻り、周囲を捜す。

「うわッ」

どうやら自分はグリフォンに咥《くわ》えられているようだ。

オリビアはグリフォンにまたがっており、前足には動けないマティルダが鷲掴《わしづか》みにされている。

「驚くのは後で」

グリフォンが首を振り、空中で放り投げられると、ルシウスはオリビアの背後へと掴まった。姿勢を直し、グリフォンの背中へと乗る。

「グリフォンと契約……できたのか」

「そうよ、私は契約できた。約束どおりね。ルシウス、それよりアレをどうにかして」

ルシウスはオリビアとの一方的な約束を思い出した。

オリビアがグリフォンと契約できたら何でもするという約束。

グリフォンの背後に、黒い翼を広げた巨体が近づいてくる。

黒銀《くろがね》の竜だ。

竜のほうが速いようで、距離は徐々に詰められている。

その目は狩りの愉悦に彩《いろど》られており、決して逃しはしないという強い意志が見て取れた。

「どうにかって……」

剣で傷つけることができた。

だが、それだけである。

ブレスの破壊力、特に2発目の黒いブレスは死んでもおかしくなかった。

「ルシウス、領民を守る立派な男爵になるんでしょ!?」

雲を抜けた所で、眼下に森の一帯が広がる。

森を過ぎた先に、遠く小さな村が見えた。

シルバーハート村である。

あれだけ探し回った村が、空からなら一瞬で視界に入ってしまうのだ。

――竜なら村まですぐだ
両親が、村人が竜に蹂躙《じゅうりん》される。

それだけは絶対に許せない。

だが、どうする。

剣は殆《ほとん》ど通らない上に、竜のほうが圧倒的な火力をもっている。

正攻法での対処は不可能だ。

竜とグリフォンとの距離はジリジリと詰められており、あと僅かで竜の吐息を感じそうな程である。

そんな時、オリビアの左手にはめられた【騎獣の義手】が目にとまった。

ルシウスは剣を腰の鞘《さや》へ戻し、紐《ひも》を強く縛る。

「…………オリビア、宙返りできる？　できるだけ速く」

「宙返り……。掴まっててッ」

オリビアがグリフォンの首筋を強く握る。

意図を察したグリフォンは一直線に、急上昇し始めたかと思うと、腹を天へ向け、反転した。

急なグリフォンの宙返りに虚をつかれて、竜の反応が遅れる。

「借りるよ」

ルシウスはオリビアの左手から【騎獣の義手】を素早く外すと、グリフォンから飛び降りた。

「何やってるのよッ⁉」

高度数百メートルでのジャンプ。そのまま硬直した竜への背へと飛び乗った。

硬くゴツゴツとした表皮。

反動で跳ねそうになる体で、竜の鱗にしがみついた。

竜の鼓動を強く感じる。

【騎獣の義手】を通して感じる竜の魔力。それは力の塊のようだ。

急に背に飛び乗られた竜が暴れ始めた。

「離すかッ」

ルシウスはそれでも必死にしがみついた。

引き剝がされれば、地上への死のラストダイブが待っている。

一方、竜はどうにかルシウスを振り落とそうと、でたらめな飛行となった。

ジェットコースターが、ゆりかごに思えるような、急制動が続く。

そして、怒り狂った竜の口から四方へ吐き出されるブレス。


「危ないッ」

オリビアが近くを通り過ぎたブレスを慌てて回避した。

ブレスが直撃しようものなら、一巻の終わりだ。

オリビアはグリフォンの前足で掴んだマティルダに目をやる。

先程、ルシウスが死ぬ気でかばった侍女である。

自分が巻き添えにするわけにはいかない、と暴れ竜から退避せざるをえなかった。

また、グリフォンほどの式を顕現させ続ける為《ため》に、消費する魔力量も凄《すさ》まじい。

仕方なく、オリビアはグリフォンを地上へと降り立たせる。

前足に掴んでいたマティルダを地面に置くと、グリフォンは粒子となって消えていった。

何が起きたのか、まるで理解できないと言った様子のマティルダが狼狽《うろた》えながら口を開く。

「ル、ルシウス様……は」

オリビアは魔力切れで、いつ倒れてもおかしくない体を無理やり起こした。

「まだ空よ」

「そんなッ」

マティルダは息を呑《の》んだ。

「貴女《あなた》は逃げなさい。私はここでルシウスを待ちます」

「でもッ」

「ルシウスが失敗したときには、私が竜を引き付けなくては。それも国からできるだけ離れた場所へ。貴女は竜の存在を森の外へ伝えるの。そうすれば、お父様やドラグオン男爵が何か手立てを打ってくれるはず」

オリビアの顔には決意が込められていた。

それは死ぬと言っているに等しい。

「……いえ、私も待ちます」

オリビアは視線を空へ向けたまま短く答えた。

「……そう」

ルシウスは、ブレスが放たれる度、凄まじい熱量と重力を感じながらも、振り落とされまいと全身を使って踏みとどまっていた。

「うグッ」

【騎獣の義手】から伝わる感情。

『拒絶』である。

魔力に感情が乗っている、と言えばいいのか。

流れ込んでくる魔力が神経へ溶け込み、感情の激流が脳へ直接、伝わってくる。

竜の魔力が次々と流れてくるにもかかわらず、一向にルシウスの魔力と交わらない。

流れ込んでくる膨大な魔力を、ルシウスは受け止めきれず【騎獣の義手】から溢れて出ていく。

竜は特級の魔物、対してルシウスの魔力量は1級だ。

――自分と釣り合っていないッ
分かっていたことではある。

もうこれしか方法がなかったのだ。

猛スピードで翔《と》ぶ竜が、更に高度をあげる。

気温が一気に下がり、真夏だったはずにもかかわらず吐息が真っ白になる。

このままでは遅かれ早かれ、体力が尽きるか、凍りつく。

それでも竜とは一向に契約できる気がしない。

――どうすれば契約できるッ⁉

オリビアの魔核は2級だったはずだ。だが、1級の魔物グリフォンと契約できた。

何か方法が有るはずだ。

階級が違ったとしても、契約する術《すべ》が、何か。

今まで見た式たちを思い返す。

グリフォン、ペリュトン、クラウドシープ、ヒッポグリフ……

セイレーン。

セイレーンを思い起こした時、かつて【鑑定の儀】で、グフェルが発した言葉を思い出した。

『お止《や》め。契約違反だよ』

暴走するセイレーンを止める為の言葉。

契約に違反などあるのか。

相性がよければいいのではないのか。

――違う。相性だけなら契約違反なんて言葉にはならない
魔物を式とするためには、相性などという言葉では表せない何かがあるはず。

そう考えた途端、竜から流れてくる魔力に付随している感情がより鮮明になった。

拒絶以外の感情が感じ取れる。

──力への渇望《かつぼう》
純粋に竜は力を欲《ほっ》している。

それを認識した瞬間、ルシウスは竜に問われている気がした。

『お前は力を与えてくれる存在か？』

口先で諾と答えるのは簡単だ。

だが、出来ない。

これはそういう契約ではない。

文字通り、一心同体として生きる人間に対して、心のあり方を問うているのだ。

おそらく、応諾すれば、全ての人生を懸けて、竜の渇望に応え続けなくてはいけない。

確かに父ローベルは言った。契約とは対等だと。

式が一方的に人へ、力と術式を与えるだけではない。

人も式の要求に応えなくてはいけない。

契約に反した時、どうなるのかはわからないが、おそらく仕方がないでは済まされない重い誓約があるのだろう。

階級が違えば、誓約は、より重くなる気がした。

——おそらくオリビアはグリフォンに誓ったんだ。残りの人生の生き方を相性といえば相性とも言える。

生き方、価値観、人生観、人生を懸けて追い求めるもの。

呼び方は何でもよい。

式と人のそれが、初めから一致していれば、誓約などは無いも等しいだろう。

後は式の魔力を受け入れられる余地があるかどうかだ。

だが、力への渇望。

そんなものはルシウスにはない。

男爵として領民を守れる力は欲しいと思ったが、竜を更に超えるほどの力など求めていない。

意識すると竜の魔力の反発が更に強くなった。

——本当に必要ないか
いや、違う。

力がなければ何も守れないではないか。

だから今、竜の背中へ、しがみついているのだろう。

かつてのゴブリンたちに襲われたとき、王から賜った宝剣があったから、急場をしのげた。だが、もしあの時宝剣がなかったら、もし父ローベルが居なかったら、果たして皆を守れていただろうか。

——違う。役目を果たすには力が要る
そう思うと、思考が明瞭となった。力の多寡など些細《ささい》なこと。今この時、必要な力があるかどうかだけだ。そして、今、必要な力は、この竜を御する力である。

ルシウスの腹は決まった。

そして、竜と己に対して、言葉を口にする。

「誓うよ、竜。必ずお前に力を与えてみせる！　だから僕の式になれッ‼」

それはただの言葉ではない。己すら決して裏切ることのできない覚悟そのものである。

竜の拒絶が途端、無くなった。

同時に、膨大な魔力が【騎獣の義手】を通じて一気に流れ込んでくる。

竜の魔力とルシウスの魔力が急速に絡《から》み合っていく。密に、複雑に、二度と解けぬほど、深くお互いの魔力が溶け合う。

久しぶりに感じた魔力を押しこまれる激しい痛み。

左手にある騎手魔核に流れ込む魔力を、抑えきれない。

器以上の魔力が、無理やり送り込まれてくる。

――魔核が内から破られるッ！

ルシウスは騎手魔核以外の３つの魔核からも魔力を供給し、はちきれそうになる魔核を無理やり力で抑え込む。

――負けるかあぁあッッ！


ただただ見守ることしか出来ない中、マティルダは堪《たま》らず、何かに祈り続けた。

どれほど時間が経《た》っただろう。たった数分がとても長く感じられる。

「あぁ、どうかお願いします」

時折、赤い線と黒い線が空に奔《はし》る。

距離が離れているため、マティルダにも魔力を感じることは出来ない。

だが、その竜の強大さははっきりと目で捉えられる。

厚い雨雲が竜のブレスで次第に引き裂かれていくのだ。

そして、数度目のブレスが天を迸《ほとばし》ったとき、上空の雲にすっぽりと大きな穴が空いた。

まさに、天変地異。

竜に消し飛ばされた雲の間から、陽の光が注ぎ始めた頃、太陽の中心に、黒い点が見え

た。

その黒い点は一直線に、こちらに近づいてきており、徐々に大きくなる。

銀樹の上空あたりまで降下したときに、はっきりとその姿を捉えた。

竜である。

「ひっ」

マティルダの悲鳴が上がり、恐怖に顔がひきつる。

オリビアも声こそ出さないが同じ気持ちだ。

竜が更に降下し、ついにオリビアたちの近くに、音を立てて降り立った。

「死ぬかと思ったぁ」

どこからともなく、安堵《あんど》の声が漏れ聞こえる。

「…………ルシウス様？」

竜の背中からルシウスが飛び降りたのだ。

「本当にルシウス様⁉」

「何言ってるんですか、マティルダさん」

おぼつかない足取りのまま、ルシウスが立ち上がる。

「だって、竜から……」

マティルダが竜を指差すと、竜は黒い粒子となり、【騎獣の義手】をはめたルシウスの左手へと吸い込まれていった。

「えっ、あっ、ええっっ？」

「竜を式に降《くだ》しました」

マティルダは陸にあげられた魚のように口をパクパクさせている。

「それよりマティルダさん。竜って、風の術式を使えるか知りません？」

マティルダは何も答えない。言葉が耳に入っていないのだ。

これ以上は、会話にならないと見たのかオリビアが声を掛けた。

「本当に竜を式にしてしまうのね。流石《さすが》ドラグオン家というべきかしら？　それとも貴方《あなた》だから？」

オリビアが呆《あき》れ気味にルシウスへ近寄った。

「わからないけど、ただただ必死だった。このままじゃ何も守れないんじゃないかって」

「そう」

オリビアは大きく息を吸い込む。

そして、ルシウスと言葉を失うマティルダへ向かい、姿勢を正す。

「私の身勝手な行動に巻き込んでしまい、申し訳ございませんでした」

オリビアが深く深く頭を下げる。

急に令嬢らしい振る舞いに戻ったオリビア。

「どうしたの、急に？」

「あなた達に何度も助けられながらも、1人で逃げようとしてしまいました。貴族として、王を目指す者として恥ずべき行為です。いかなる誹《そし》りも受け入れます」

「いいよ、別に」

ルシウスは何事もなかったように言う。

「……別にって」

「反省してるなら、それで終わり。子供が後先考えずに、動くのは仕方ないから。父さんも、毎年、何件か起こることだって言ってたしね。それに、この竜に気がつくのが、もっと遅れてたら大惨事になってたかもしれない」

笑うルシウスに、マティルダも続く。

「ルシウス様が咎《とが》めないのであれば、私から言うことはありません。ただ、1つだけ。どうぞご自愛下さい。貴女《あなた》の無謀な行動がいつか大勢の人を傷つけるかもしれません。王なれば、一層です」

「はい、胸に刻みます」

マティルダの言葉に、項垂《うなだ》れるオリビア。

「はい、これで本当におしまいです。少し休んで魔力を回復させたら、森を出ましょう」

ルシウスが手を叩《たた》く。

「……何で急に敬語なのよ」

オリビアが不満そうにルシウスへと詰め寄る。

「見直した、からですかね。自分の非を素直に認めて、正す姿に。ただの世間知らずのお姫様かと思ってました。それに、本当にグリフォンを式にされた上に、竜のブレスからも助けていただきました。少し遅れていたら、オリビア様も巻き込まれて死んでましたよ？」

「ル、ルシウスも死ぬ所だったじゃない……」

「ともかく、森の中での数々の無礼をお詫《わ》びします」

ルシウスは優雅に頭を下げる。

「なんか急に変わりすぎよ」

「そんなことはありません。いつか貴女はノリス・ウィンザー家の当主となり、私はドラグオン家の当主となります。寄親、寄子の関係。これが正しいのですよ」

「いいわ。ルシウス・ノリス・ドラグオン。将来の寄親として命じます。プライベートでは今まで通り気安く接しなさい」

「いや、それは」

「命令よ」

「はあ……」

よくわからない命令に困惑する。

「それならオリビア。休んでいる間に、北部に何が起きているのか、なぜ王をめざすのか、色々聞かせてよ」

「……聞く気になったの？」

「うん、今のオリビアからなら」

「今のって……前の私からは聞く気がなかったの？」

「正直そうだね」

「うううう」

笑うルシウスに対して、オリビアが1人口をすぼめた。

「まあ、いいわ。まず北部はね――」

3人は森の最深部で、深い深い休息を取った。

シルバーウッドの森の端に作られた、急ごしらえのテントの中は殺伐とした雰囲気だった。

何日もまともに寝ていないのか、やつれたシュトラウス卿《きょう》とドラグオン男爵が地図を広げた机を食い入る様に見ていた。

地図の上には、様々な駒が並べられている。

「本当に、この領域から捜索するのでいいのかね」

目の下にくまを作ったシュトラウス卿が、ドクロのような目でローベルを睨《にら》んだ。

「ええ、何度も話しあったじゃないですか。この辺りは、傾斜もなだらかです。更に、陰樹が多いこともあって茂みが少ない。その上、魔物もあまり強くない。まず捜すならここからにするべきです」

周辺の諸侯から式を従える魔術師を借りたとはいえ、元々絶対数が少ない。

魔術師はそれだけで貴重な戦力である。

シルバーウッドの森は広大なため、どうしても優先順位を付けながら捜す必要がある。

「だが、もっと奥に進んでいたとしたら……」

「ルシウスとマティルダが居ます。不用意に森の奥へと進むはずがありません」

シュトラウス卿はテントの中にいる他の数人へと振り返る。

周辺の諸侯たちである。

「皆、どう思うかね？」

「……もとよりシルバーウッドに最も詳しいのはドラグオン卿。それしかないかと」

「右に同じ」

「私も同じ意見でございます」

皆、シュトラウス卿の寄子である。

殆《ほとん》どの者たちは目も合わせない。白けた面を晒《さら》している。

呼ばれたから仕方なく来た、というものも多い。

実際に、忙しいという理由で書状と人だけをよこした者も居るくらいだ。

だが、皆、声には出さぬ恨み節を込めた瞳でシュトラウス卿の背中を見つめている。

これだけの魔術師を集めたのだ。

黙って行えるわけがない。下手に兵力を集めれば、謀反《むほん》の恐れありと、あらゆる勢力と敵対してしまう。

そのため、シュトラウス卿は恥を忍び、王へことの経緯も含めて書面にしたため、王都にいる伝令へ報告させた。

王からの返事は冷たかった。

伝令より『好きにいたせ』と一言だけだったと報告を受けている。

王が呆れる気持ちは痛いほど分かる。

王はおそらく娘オリビアのことよりも、ルシウスを巻き添えにしたことに落胆しているのだろう。

そして、その醜聞が国中に広がるのは、時間の問題である。

『四大貴族の跡取り娘は、どうしようもない阿呆《あほう》である』と。

長く政権が遠ざかっている北部の貴族たちにとって、この上ない逆風だ。

そのため、シュトラウス卿とローベル以外の貴族達の思いは一致していた。

『北部より子供を取った』

事を荒立てずに娘を森へ置き去りにし、傍系から養子でも迎え入れてくれればよかったのだ、と。

だが、時既に遅し。一族の名は地に落ちた。

――分かっている
シュトラウス卿は理解している。

すべて理解した上で、娘を取ったのだ。

娘が、本当に救いようがない愚か者であれば、北部の為《ため》に躊躇《ちゅうちょ》なく見捨てただろう。

だが、なまじ才覚があった。

志もあった。努力も怠らなかった。

まだわずか10歳である。

至らない所を数えれば、きりが無いが、それを差し置いても名君の片鱗《へんりん》を感じさせたのだ。

それを間近で見てきたがゆえに、シュトラウス卿は見捨てるという選択ができなかった。

そんな時、テントの入り口が開けられ、声が響いた。

「森から人が現れました！」

皆の視線が、伝令へと降り注ぐ。

「何……だと」

シュトラウス卿の顔がひきつる。

「オリビアか⁉」

「3名で大人1名、子供が2名とのことです。おそらく間違い無いものと思われます」

全員の顔が歪《ゆが》む。

シュトラウス卿は思う。

――最悪だ

捜索の為に人を集めたときに、自力で生還。

諸侯からして見れば、とんでもない茶番につきあわされたも同然。

それも、北部の命運をドブに捨てた茶番劇である。

諸侯たちは冷めた表情で皆一斉に撤収の準備を始めた。

「良かったですな、シュトラウス卿。私は忙しいのでこれにて」

「……同じく」

「私も帰らせていただく」

皆、言葉少なに、テントを後にしていく。

シュトラウス卿とローベルは、諸侯への挨拶もそこそこに、森外れに待機する捜索隊の間を縫って走った。

一足先にテントを出た諸侯たちの視線はとても冷ややかだ。

寄親に請《こ》われたため、小麦の収穫で忙しいこの時期に、一族や領民を引き連れた。しかし、これから捜索開始というタイミングで当の本人たちが現れたのだ。

連れてこられた捜索隊の面々も、怒りや不満を口にするものは少なくない。

シュトラウス卿は罵詈雑言《ばりぞうごん》を背中に受けながら、人だかりをかき分けて、森の端へとたどり着いた。

ローベルや話を聞きつけた夫人達も一足遅れ、駆けつけた。

確かに、森の端から３人の人影がこちらに歩いて来ている。

「……オリビア」

薄水色の長い髪。明らかに娘である。

服はボロボロで、所々引き裂かれているが、間違いない。

３人が近くまでたどり着いた。

色々と言いたいことはある。問い詰めたいこともある。

だが、娘が生きていた。

もしかしたら、もう……と考えたことも一度や二度ではない。

シュトラウス夫人がオリビアの名を叫びながら、駆け付けて抱き寄せた。

他の貴族たちも帰路につく前に、ひと目、自分たちを地獄に落とした愚かな娘を見てやろうとシュトラウス卿の周囲に集まった。

「お父様、お母様。ご心配をおかけしました」

母の腕の中で、謝るオリビア。

その姿を見て、安堵《あんど》したのも束《つか》の間《ま》、怒りが湧いてくる。

「お前はッ！　自分がしでかしたことを分かっているのかッ⁉」

「はい、分かっております」

オリビアが抱きつく母の腕をそっと外し、毅然《きぜん》とした態度で答える。

「北部の将来が閉ざされたのだぞッ！」

「閉ざされた？　何の話です？　私はドラグオン卿の言いつけを守らず、その息子ルシウスと侍女マティルダに迷惑を掛けました。その咎《とが》は謹んでお受けします」

オリビアの返答に更に怒りが湧く。

「お、まえ、本気か？　本気で言っているのかッッ⁉」

シュトラウス卿の怒りは頂点に達した。

「家の名を地に蹴り落としたのだッ！　今後１００年は、北部から王は生まれない。つまり……この地は終わりだ………」

シュトラウス卿は地面に膝をついた。

精も根も尽き果てたとばかりに。

「お父様、私の思いは変わりません。私は王となります」

シュトラウス卿はオリビアが王に執着するあまりに、目の間で起きた現実と妄想の区別がつかなくなったのだと思った。

――ああ、哀れな。何と、憐《あわ》れな愛娘《まなむすめ》よ

オリビアは小さい頃から努力を惜しまなかった。

常に四大貴族としてふさわしい人間になろうと藻掻《もが》いていた。

兄が死んでからより一層それは強くなった。

そして、折れたのだ。

シュトラウス卿にはそうとしか思えなかった。

周囲に集まっている貴族やその従者、領民達の視線も蔑み半分、哀れみ半分となる。

わずか10歳の少女がすべてを負っていたのだ。折れても仕方ないと思う。

オリビアはその視線を無視しながら話を進める。

「どうやら、お父様も貴族諸兄の皆様も、勘違いをなさっているようですね。なぜ、ただ森から逃げ帰ってくることを前提としているのですか？」

オリビアはすっと左手をかざす。

「来なさい。グリフォン」

オリビアの左から粒子が飛び立ち、形を作る。

鷲《わし》の頭に獅子《しし》の体軀《たいく》。

周囲から悲鳴があがる。

逃げ出す者も現れるほどだ。

自然界にあっては、目にしただけで生還することを諦める存在である。

シュトラウス卿《きょう》もローベルも夫人たちも、唖然《あぜん》とその姿を見る。

周囲の貴族たちも同様に大口を開けたままとなった。

グフェル1人だけは歓喜の声を上げた。

「おやまぁ！　これはいいわねぇ！」

「グ、グリフォン」

ローベルの口から言葉が溢《あふ》れる。

ヒッポグリフはグリフォンから派生した魔物と言われている。

そのヒッポグリフを式として持つローベルの口から名前が上がったことで、魔物の名が確定する。

王の獣、最強の騎獣。呼び名はいくらでもあるが、その存在を式に出来たものは極わずかである。

「オ、オリビア？」

シュトラウス卿は言葉を失った。

いや、だが、と言葉を出すが、それ以上続かない。

結果論である。

結果が良ければすべてのことが正当化されるわけではない。

だが、結果を出せない人間と、成した者は明確に区別される。

たとえ、それが幸運が重なった結果であったとしてもだ。

それこそ王がそうだ。

頑張った、皆の意見を素直に聞いた、誰にも責められないように行儀よくしていた。

だが、国は滅びました、では話にならない。

行動には結果が求められることなど子供でも知っている話だ。

オリビアは領主の言いつけを守らずに森に入った。だが、結果グリフォンと契約して自らの足で戻ってきたのだ。

それ以外は外の人間。

それこそシュトラウス卿やローベルが行ったことである。

だからこそ、娘オリビアは言ったのだ。ローベルの言いつけを守らなかった咎は受ける、と。

「ま、まだ……北部は……首の皮一枚……つながった」

すかさず周辺の諸侯たちが反論する。

「シュトラウス卿！　そんな都合の良いことはありません！」

「そうです。これだけ騒乱を起こしたのです。その責はあります」

「そもそも王に何と申し開きをされるのかッ！」

ルシウスが1歩進み出た。

「皆様。オリビア様は確かに浅はかでした。父の言いつけも守らず、1人森へと入りました」

諸侯たちが力強く頷《うなず》く。

反対にオリビアが後ろめたそうに、うつむいた。

「ですが、それは誰より北部を思っての行動です。考えてみてください。なぜオリビア様がグリフォンを求めたか。それは、グリフォンを持つ貴族が北部に誰もいなかったからです。北部の誰かが式にしていれば、決してこんな真似《まね》はしなかったはずです」

周辺の諸侯たちの顔が曇る。

強力な式の存在自体が、交渉力に直結する。

皆、分かっていながら、自ら成さなかった。

皆、自分ではない、自分の子ではない、誰かが成してくれることを、ただただ待っていたのだ。

一概には責められないことではある。

そもそも、10歳で魔核が1級や2級に達すること自体珍しい。

【増魔の錬】は痛みを伴う上に地味でコツコツとしたものだ。親に言われても、たいした苦痛を伴わない勉学すら本気で取り組めない子供は貴族でも多い。

更に式と契約する前、人は無力だ。

成人後に己の道を決めた者ならともかく、まだ右も左も分からぬ10歳のわが子に対して、千尋の谷へ自ら飛び込めと命じる親は少ない。そんな親ばかりなら、とうの昔に貴族など絶えている。

そんな中、シュトラウス卿はルシウスに、グリフォンと契約させようと画策していた。人としては非情であるが、盟主としては合理的な判断。

父ローベルが愚痴るほどである。

水面下で、相当の交渉があったのだろう。かつて父ローベルがシュトラウス卿に対して愚痴をこぼしたのは領地を譲渡した時だけと聞いている。

画策したのは、シュトラウス卿のみ。

行動したのは、オリビアのみ。

政治的局面が見えていた2人には、現れるかどうかもわからない他人を、悠長に待っているだけの猶予がなかったのだ。

「そ、それは……」

「そうは言っても、な」

「むッ………」

ルシウスは諸侯たちへ深く礼をする。

「彼女が北部の為《ため》に捧《ささ》げた、その覚悟まで批判されないよう、どうか寛大な処置をお願いいたします」

オリビアもあわせて頭を下げる。

「この度は私の身勝手な行動に、皆様を煩わせてしまったことを深くお詫《わ》び申し上げます。先程申し上げましたとおり、いかなる処罰も受ける覚悟です。ですが、私は北部の未来を諦めるわけにはまいりません」

その堂々とした立ち居振る舞いに、諸侯たちが一斉に目をそむけた。

「今、ここに宣言します。私は次の王座へ挑みます」

シュトラウス卿が慌てる。

「オ、オリビア。こんな所で、宣言しては収拾がつかなくなるぞッ！」

だが、オリビアは毅然としたまま言葉を続ける。

「お父様。私には、その覚悟と信念があります。それをルシウスに教えられました。ルシウス、貴方《あなた》の式を見せてあげなさい」

「オリビア、いいのか？」

こんなに人が集まっている場で竜を出せば大混乱になるかもしれない。

「むしろ好都合よ」

「まあ、そう言うなら」

ルシウスは左手を掲げる。

まだ式には名をつけていない。そもそも名をつけない人も多いそうだ。

「来い」

全身から魔力が根こそぎ奪われるのではないかと思うほど、大量の魔力が左手から抜け出ていく。

そして巨大な影がルシウスの周辺を覆った。

黒銀《くろがね》の竜の翼が、巨大な影を作る。

「あうっ、ぐっ」

「りゅっ……」

「ごっ、ぶがッ」

先程まで立っていた、両親や周辺諸侯たちの腰が砕けたように座り込む。

竜の影に入ったのだ。

これが式でなければ確実な死しかない。

やはりグフェル1人だけは歓喜の声を上げた。

「おやっ、おやっ！　おやっ‼　おや⁉　これはたまげたねぇッ‼　邪竜じゃないかいッ！　もっと！　もっと良く見せとくれッッッ‼」

すがるように竜の足元へまでかけ寄った。

ローベルとエミリーは何が何やら全く理解ができず、口をあんぐりと開けている。

両親の様子を侍女マティルダが、申し訳無さそうに眺めている。

背後に隊列していた捜索隊の面々は阿鼻叫喚《あびきょうかん》。

シルバーハート領に来た理由など、グリフォンや竜に比べれば至極些細《ささい》なこと。

皆、頭から吹き飛んだ。

我先にと逃げ出す者、その場で伏せて祈りを捧げる者、式を呼び出す者と様々だ。

「落ち着きなさいッ」

オリビアが喚《よ》んだグリフォンへとまたがり、光を放つ。

捜索隊の上を飛びながら、皆に声をかける。

「北部は竜の加護を得た。ドラグオンの血が再び竜を従え、この地に繁栄をもたらすわ」

恐怖の中、神々《こうごう》しい光をまとうオリビアとグリフォンは、まさに天の使いのように見えただろう。

混乱は一転、狂気、いや狂信へと変わる。

次第に捜索隊のコールが沸き起こる。

「「「ドラグオンッ！　ドラグオンッ！　ドラグオンッ！　ドラグオンッ！」」」

森が揺れるのではないかと思うほどの合唱。

オリビアは捜索隊の上を一周して、ルシウスの横へと舞い戻った。

「……やりすぎじゃない？」

「これくらいで丁度いいのよ。民心を摑《つか》むのも王の役目。そのために、わざわざ森までやってきたのだから、最大限使わせてもらうわ。グリフォンとの約束でもあるしね」

オリビアはグリフォンの首筋を撫《な》でる。

「敵《かな》わないね」

「ルシウス、すべて貴方のお陰よ。みっともない所を沢山見せたけど、これからを見ていて。私は信念を持つ王になるわ」

「僕はやるべきことをやっただけ。竜との約束は本当に頭が痛いけど」

オリビアは翼を広げる竜を見上げて、笑う。

「ルシウスはいつもそうね。そういえば、グリフォンと契約できたのだから、約束を守ってもらうわ。なんでもするって言ったわね？」

悪戯《いたずら》っぽく笑うその姿は、年に似合わず、とても美しく思えた。

オリビアはルシウスが首にかけた銀珀《ぎんはく》のネックレスを首から外す。

「何？　銀珀のネックレスが欲しいの？」

オリビアは気恥ずかしさを誤魔化すように目を背けるばかりで答えない。

元々あげるつもりだったものだ。文句はないが、そもそも婚約の証《あかし》ではなかったのかと疑問がよぎる。

不思議に思うルシウスをよそに、銀珀のネックレスを自らへと掛けた。

「でも約束なら、もう守ったけど。竜をなんとかしなさいって、言っただろ？　あんな無茶振りを」

「私はグリフォンと契約したって言っただけ。立派な男爵になるのはルシウスの願いでしょ」

「それは、そうだけど。……何してほしいの？」

「私が王になったら、……そのときは」

オリビアは頬を赤らめる。

「お、王配になりなさい。き、貴族として、つ、繋《つな》がりを強くするのは……」

最後の方の言葉は聞こえない。

何かゴニョゴニョと言っている。

「王配って何？」

「……い、家に帰ってから、ドラグオン男爵にでも聞くのね」

オリビアは顔を真赤《まっか》にしながら、背を向けた。

オリビアの背後に続く森は、数日間続いていた曇り空が嘘《うそ》のように晴れ渡り、日の光が降り注いでいる。

その光が、ルシウスには、この国の将来を予感させるもののように思えてならなかった。

あとがき

『男爵無双《だんしゃくむそう》』をお読みいただき、ありがとうございます。

最初に、皆さんに、謝らなくてはいけません。

物語に書ききれなかった伏線があります。そう、「なぜ侍女マティルダがルシウスを警戒していたか」については、本書には書かれていないのです。その答えはカクヨムの男爵無双「閑話　マティルダの空虚」をお読みください。少しだけ彼女の思いに触れられるかもしれません。


さて、ここからは作者のぶっちゃけトークです。この作品は、作者の「好き」を詰め込んだ作品です。

異世界転生も、無双も、竜も、テイムも、周りが見えず暴走しながらも頑張るヒロインも、そして、困難を乗り越えて成長する主人公も、私は大好きです。

皆さんにも、そんな「好き」が少しでも届いたのであれば、作者としては一番の喜びです。

異世界転生もので、初めてのめり込んだのは『無職転生』という作品でした。控えめに言って衝撃でした。それまで私が読んでいた異世界が出てくる作品は、結末で現実に帰ったり、帰らない場合は、異世界に出自があったりするような作品が多かったのです。ですが、『無職転生』の主人公ルーデウス・グレイラットは、序盤で現実に身も心もオサラバを決めてるんですよ（今はそれがスタンダードですが）。むしろ、まったく自分と関係のない異世界での「生」を、どう生きるかを考えている。

現実逃避などという意見も聞きますが、自分にはむしろ逆で、過ぎた過去ではなく、今ある未来へと向かって生きる主人公像が見えました。つらい現実や覚えてもいない出自ばかりに、真実を求めるのではなく、状況が変わったからこそ、今と今後に向かって生きていく姿に、夢中になりました。

だって、世界と特別なつながりがある人間なんて、まず居ないでしょ？　皆、自分とか関わりのない世界に生まれ、その世界で喜怒哀楽の中、生きていくしかないのですから。

物語上の仕掛けはともかく、転生はきっかけに過ぎません。

ルシウスも転生などしなくても、本当は銀条家《ぎんじょうけ》を自らの足で出ていけば、それで良かったのです。これはルシウスに限らず、すべての現状に苦しむ人がそうかもしれません。

過去に囚われず、状況を変えるだけでも、実は開ける道はある。もちろん状況を変えたところで好転する保証はありませんが。

ですが、同時に、過去を振り切るのは簡単なことではありません。

過去は既に起きた事実ですから、胸の奥にしまっておくことはできても、本当の意味で捨てることはできないと思います。

異世界転生ものでは、その多くが（トラック転生という言葉ができるくらいには）主人公の死から始まり、強制的に過去を断ち切った状態で始まります。それは、過去を振り切れば、人は変われるはず、という期待があるからなのでしょう。

同時に、本当に人は変われるのか？　という疑問を突きつける作品も多いです。実際、前世人格を引き継ぎ、スキルや趣味を活《い》かして、活躍する話も多いことから、状況は変えられるが根本は変われない、ということも示唆しています。各作品が意図して書かれているかはともかく、矛盾を扱う異世界転生ものが私は「好き」なのです。

『無職転生』でも、過去を完全に振り切れずに、否《いや》が応でも過去を突きつけられるシーンが何度もでてきます。現実と何も変わりません。主人公にとって都合の良い理想の世界にすることもできたはずが、そうは描かれなかった。

その「好き」を入れたから、ルシウスが生きる世界も、主人公の為《ため》に存在する世界としては描きませんでした。

ルシウスには悪いですが、彼には、七転八倒《しちてんばっとう》しながら強く生きてほしい（笑）。こんな作者に産み落とされたのが運の尽きと諦めてくれ。

話を戻します。世界にとってルシウスは少し異質な存在ではあるものの、沢山生きている人間の1人でしかありません。

でも、だからこそ、自分の足で立ち上がり、自分の意思で未来を決めていけるはずと思いながら、『男爵無双』を執筆しました。だって、秘められた過去や特別な出自がなくても人は、世界で、前を向いて歩いていけるはずですから。


……ふう。

「好き」のうち、異世界転生だけで、こんなにページを使ってしまった……。無双も竜もテイムも、暴走ヒロインも、成長する主人公の話も全く出来てないのに。

それは、次巻がありましたら、書きたいと思います。そのためにも是非、知り合いに『男爵無双』を勧めてください（笑）。嘘《うそ》です、調子に乗りました、すみません。

最後に、人生初の書籍化で、沢山の経験をさせていただきました。

驚いたことは、一冊の本を世に出すために、本当に多くの方が関わるということ。『男爵無双』は、様々な方のご協力により、世に送り出すことができました。

カクヨムで評価いただきました読者の方々、富士見《ふじみ》ファンタジア文庫編集のOさん、イラストレーターのNoyさん、校正の方々、組版の方々、出版取次の方々、本書を置いてくださった書店の皆様。

末筆ではございますが、本作品の出版にかかわってくださったすべての方へ、感謝申し上げます。

水底　草原

富士見ファンタジア文庫

男爵《だんしゃく》無双《むそう》
貴族嫌《きぞくぎら》いの青年《せいねん》が田舎貴族《いなかきぞく》に転生《てんせい》した件《けん》

令和６年３月20日　初版発行

著者――水底《みなそこ》　草原《そうげん》

発行者――山下直久

発　行――株式会社KADOKAWA
〒102-8177
東京都千代田区富士見2-13-3
0570-002-301（ナビダイヤル）

印刷所――株式会社暁印刷

製本所――本間製本株式会社

ISBN978-4-04-075309-6 C0193 ◇◇◇

騙しあい。

各国がスパイによる戦争を繰り広げる世界。任務成功率100%、しかし性格に難ありの凄腕スパイ・クラウスは、死亡率九割を超える任務に、何故か未熟な7人の少女たちを招集するのだが——。

シリーズ
好評発売中！

ファンタジア文庫

世界最強の
“不可能任務”に挑む少女たちの
痛快スパイファンタジー！
スパイ
教室
竹町
illustration
トマリ

細音啓が紡ぐ新たなるヒロイックファンタジー
細音啓
イラスト
猫鍋蒼
キミと僕の最後の戦場、あるいは世界が始まる聖戦
the War ends the world / raises the world
アリスリーゼ
帝国と対立しているネビュリス皇庁の第２王女で強力な氷の星霊を使う「氷禍の魔女」
至高の魔
敵対する

最強の初恋
シリーズ
好評発売中!
ファンタジア文庫

ティナ
四大公爵家のひとつ、ハワード家に生まれた公女殿下。なぜか誰でも扱える程度の魔法すら使うことができない。
変えるはじめましょう
アレン
公爵令嬢ティナの家庭教師を務めることになった青年。魔法の知識・制御にかけては他の追随を許さない圧倒的な実力の持ち主。
発売中!

双星の
無名の青年が天下無双の大活躍！
彼の前世は、最強の英雄だ！
華流転生ソードファンタジー。

シリーズ好評発売中！
天剣使い
HEAVENLY SWORD OF TWIN STARS
名将の令嬢である白玲は、
一〇〇〇年前の不敗の英雄が転生した俺を処刑から救った、
才ある美少女。
それから数年後。
始まった異民族との激戦で俺達の武が明らかに――！
最強の白×最強の黒の英雄譚、開幕！
ファンタジア文庫

天上優夜《てんじょうゆうや》
異世界で
レベルアップした結果、
最強の身体能力を
手に入れた少年
この少年
すべてが
シリーズ好評発売中！

チートすぎる

異世界でチート能力《スキル》を手にした俺は、現実世界をも無双する

～レベルアップは人生を変えた～

I got a cheat ability in a different world, and became extraordinary even in the real world.

著：美紅
イラスト：桑島黎音

幼い頃から酷い虐めを受けてきた少年が開いたのは『異世界への扉』だった！　初めて異世界を訪れた者として、チート級の能力を手にした彼は、レベルアップを重ね……最強の身体能力を持った完全無欠な少年へと生まれ変わった！　彼は、2つの世界を行き来できる扉を通して、現実世界にも旋風を巻き起こし――!?　異世界×現実世界。レベルアップした少年は2つの世界を無双する！

ファンタジア文庫

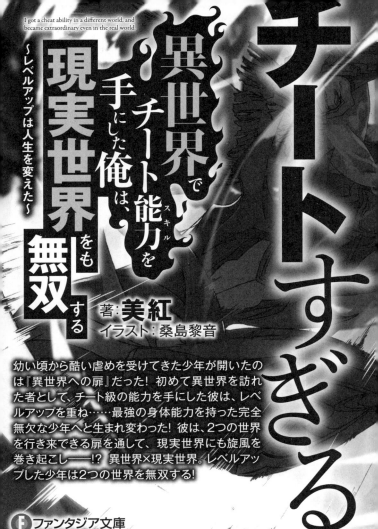

切り拓け！キミだけの王道
ファンタジア大賞
原稿募集中！
賞金
《大賞》300万円
《金賞》50万円
《銀賞》30万円
選考委員
細音啓「キミと僕の最後の戦場、あるいは世界が始まる聖戦」
橘公司「デート・ア・ライブ」
羊太郎「ロクでなし魔術講師と禁忌教典《アカシックレコード》」
ファンタジア文庫編集長
後期締切 2月末日
前期締切 8月末日
公式サイトはこちら！ https://www.fantasiataisho.com/
イラスト／つなこ、猫鍋蒼、三嶋くろね